ラルーナ文庫

子妖狐たちとなごみのごはん

一文字 鈴

三交社

CONTENTS

Illustration

北沢きょう

子妖狐たちとなごみのごはん

本作品はフィクションです。
実際の人物・団体・事件などにはいっさい関係ありません。

プロローグ

煮込まれた野菜の旨味《うまみ》が溶け出し、台所は安堵《あんど》するような甘い匂《にお》いに包まれている。

九歳にしては小柄な東雲春陽《しののめはるひ》は、そっと飛び上がり、コトコトと揺れる小鍋《こなべ》の蓋《ふた》を取った。

途端にほんわりとした白い湯気が立ち上がり、春陽が刻んだ、少し大きめの野菜がぷかりと顔を出している。

「母さん、野菜が煮えたよ。そろそろお味噌《みそ》を入れようよ」

着地してつぶやくと、母の明子《あきこ》は小鍋ではなく春陽を見つめ、ため息をついた。

「春陽のジャンプ、滞空時間が長くて静かですごいわ。きっと運動神経がいい父さんに似たのね」

「そう？」

「あたしはこんな感じよ」

母はコンロの火を止めると、その場で飛び跳ねた。ドスンドスンと大きな音が響き、春陽は「家が壊れるよー」と声を上げて笑った。

「母さん、お味噌を入れたら、僕に味見させて」

「わかったわ」

母がお玉を小鍋にくぐらせた。小皿を受け取り、口に含むと、出汁《だし》の味と野菜の美味《おい》しさが混ざり合って、体がぽかぽかと温まる。

「おいしいね」

「春陽が手伝ってくれたからよ。小学生の男の子とは思えない料理のセンスがあるわ」

母はぎゅっと目尻《めじり》に皺《しわ》を寄せ、春陽の頭を優しく撫《な》でた。

「こっちの帰省のお土産《みやげ》用も、春陽に手伝ってもらったから、美味しくできているわ」

小鍋の隣に、蒸気の上がった蒸し器が置いてあり、栗蒸しようかんを作っている。

手作りのこしあんに上白糖を加え、薄力粉とお湯を数回に分けて混ぜ合わせると、溶けたチョコレートのような生地ができる。

型に流し込み、冷凍していた金色に輝く栗の甘露煮を並べて蒸し器で蒸すと、なんともいえない甘い香りが漂ってきて、春陽はステンレスの流しの縁に手をかけ、うっとりした。

「――いい匂いだな」

父の正信《まさのぶ》が口角を上げてキッチンへ入ってきた。手伝っている春陽を見つめ、目尻を下げる。

「春陽は料理上手な明子に似たんだな。妻と息子が美味しい料理を作っている。俺は幸せだ」

　春陽の両親は仲がよく、父と母は互いに思いやりを持って接している。そのことが春陽は嬉《うれ》しい。

　栗蒸しようかんを蒸して冷ましている間に、家族三人で茄子《なす》の香味ひたしとブロッコリーとエビをあっさり味で和《あ》えたサラダ、そして春陽が作った和野菜の味噌汁の朝食を食べた。

「さあ、そろそろ出発しましょう」

　母が栗蒸しようかんを切り分けて包み、三人で家を出る。今日は夏休みを利用し、家族三人で瀬戸内海の近くの、父方の祖父母の家に遊びに行くのだ。

　吸い込まれそうに青い真夏の空が広がり、駅から三人で新幹線に乗る。長時間座りっぱなしでお尻が痛くなり、春陽が父にもたれて微睡《まどろ》んでいるうちに、ようやく目的の駅に着いた。

「春陽、起きたか？　おいで」

　父に促されて電車を降りる。人がほとんどいない小さな駅のホームに、熱風が押し寄せてきた。

（わぁ……田舎だけど、きれいなところ）

　都会とは違う、周囲を山に囲まれた瀬戸内地方ののどかな景色は、どこまでも続く澄み渡った青空に山々の緑が映え、とても美しかった。

「春陽は俺とバスに乗って狐神町《こじんちょう》へ向かう。明子は荷物を持って、先にホテルへ行っててくれ」

父は蝉《せみ》の鳴き声を掻《か》き消すように、大きな声でそう言った。

「ねえ、あなた。やっぱりあたしも一緒に行ったほうがいいと思うの。里帰りに嫁が顔を見せないなんて、お義父《とう》さんもお義母《かあ》さんも、きっと不愉快に感じるはずよ」

母の明子は、もじもじと両手を動かしながら、縋《すが》るような目をしている。

「明子は来なくていい。俺の両親は、お前のことを嫌っているんだ。来ても嫌がるだけだよ」

（と、父さん、そんな言い方、ひどいよ）

両親の会話を聞きながら、春陽ははらはらと気を揉《も》む。仲のよい両親だが、父方の実家の話になると、二人は時々喧嘩《けんか》をするのだ。

母の明子は青ざめながらも、自分も父の実家へ行くと言い張る。しかし――。

「何度も言うが、両親は俺に知り合いの娘と結婚してもらいたかった。今でもその気持ちは変わっていない。だから明子は顔を見せないほうがいいんだよ」

「父さん……！」

春陽は思わず父の腕を引っ張り、母に聞こえないように囁《ささや》く。

「いつの話か知らないけど、母さんがかわいそうだよ。なんとかしてあげられないの？」

「無理だよ。会わないのが一番いい」

「そんな……」

父は大きな手を春陽の頭に優しく置き、母のほうへ向き直った。

「明子はホテルでゆっくり待っていなさい。いいね？」

母はしゅんと肩を落とし、「……わかったわ」と項垂《うなだ》れた。

傷ついている母の気持ちを思うと、春陽の胸もチクチクと痛む。

（母さんも一緒に連れていってあげればいいのにな……）

祖父母が母と上手くいくように、もっと父が取りなしてくれれば、と思う。そもそも母の明子は優しくて料理上手だ。祖父母だってちゃんと母と話をすれば、顔を見たくないなどと言わなくなるはずだ。どうして父は簡単に諦《あきら》めてしまうんだろう。

じりじりと夏の日差しが照りつける中、家族の間に気まずい沈黙が落ち、母は辛《つら》そうにうつむいたままだ。コホンと咳払《せきばら》いをして、一番に口を開いたのは父の正信だった。

「そう落ち込むな、明子。夕方までには戻ってくる。ホテルは温泉があるし、なんなら観光がてら駅前をぶらぶらしてきてもいいんだよ」

明子は深いため息をつき、小さく首を横に振って、紙袋を差し出した。

「お義父さんとお義母さんに、あたしと春陽が作った栗蒸しようかんを持っていってね」

「ああ、それじゃあ行ってくる。春陽、おいで」

春陽は父とバスに乗った。冷房が効いた車内に父と並んで座り、揺られながら、窓から小さくなる母を見つめる。バスが右折すると母の姿は消え、小一時間ほど経った頃、父が「次で降りるよ」と言った。

父と二人で降り立ったのは、周囲に田畑が広がった、のどかな田舎のバス停だった。そこからさらに細い農道へ入る。春陽は正信の隣を歩きながら、小さな声で尋ねた。

「ねえ、父さん。おじいちゃんたちと母さんを仲直りさせてあげて」

足を止めた正信が、肩を竦《すく》めた。

「春陽の気持ちもわかるが、なかなか難しいんだよ。嫌な思いをするより、会わないほうがいいと父さんは思っている。早く帰って母さんを安心させたいから、少し急ぐよ。長い時間、電車に乗っていたから、疲れてないか？」

「僕は大丈夫だけど……」

正信は歩みを速めた。春陽も遅れないように後をついていく。

「千葉のおばあちゃん家は、毎年、お正月に遊びに行くけど、狐神町は二回目だね」

母の実家がある千葉の家は、家族三人で頻繁に帰るのに、瀬戸内にある狐神町という父の実家は、春陽が小学校へ入った年に一度行っただけだ。

「僕が一年生の時に、父さんと二人で遊びに来たよね。その時もお母さんはいなかった。

いつか母さんも一緒に行けるといいのにね」

「それは難しい。いつか春陽にもわかる日がくる。……あの雑木林の中を通るぞ」

「えっ、あ、待って」

高く伸びた竹林の中へ入っていく父の後を追う。ぎらぎらとした夏の日差しが届かない竹林の中は日陰になっていて、バス停からずっと歩いて疲れてきた春陽は、ひんやりとした空気にほっとした。

頭上を見上げると竹が生い茂り、緑色の竹の葉の間から降り注ぐ光の粒が、宝石のように煌《きら》めいている。幻想的な美しさに思わず息を呑《の》み、母がいたらきっと喜んだだろうと考えた。

「すごくきれい。静かでひんやりして……」

独り言のように囁いているうちに、正信は竹林の中をどんどん歩いていってしまう。春陽は気づいてハッとした。

「あっ、父さん、待って」

父の歩みが速すぎて、九歳の春陽は追いつこうとして小走りになった。だが、地面から出ている根っこのようなものに足を取られ、ずさっと転倒してしまう。

「あいた……」

半袖のTシャツに半ズボン姿の春陽は、すりむいた膝《ひざ》を押さえた。じわじわと血が滲《にじ》み、ズキンズキンと痛む。

「父さん、膝が……」

顔を上げた春陽は、前を歩いていた父の姿がいつの間にか消えていて驚いた。

「と、父さん……？」

膝の痛みを忘れて、あわてて駆け出す。

竹林の奥へ行くほど、木漏れ日が少なくなり、薄暗くなっていく。何か禍々《まがまが》しいものが迫ってくる気がして、胸がざわめいた。

「父さん、どこ？　待ってよ。ねえ、父さん！」

走りながら大きな声を出した春陽は、いつの間にか雑木林を抜けていた。

青い空と大きな山々に囲まれたのどかな住宅街と、ところどころに見える畑や田んぼが広がっている風景は先ほどと同じだが、春陽はどこか違和感を覚えた。

「なんだか変な感じ……。父さんはどこ……？」

正信の姿を探して住宅街を歩いていくと、左右に分かれている分岐点に出た。どっちに行けばいいのか迷い、道幅が広い右へ曲がる。早歩きをしながら、父の姿を探した。

「――あ、人が」

向こうから中年男性が歩いてきた。春陽の父より少し年上だろうか。見知らぬ人に声をかけるのは緊張する。春陽はぎゅっと拳《こぶし》を握りしめ、声を振り絞った。

「あの、すみません……！　えっと、ここは狐神町ですか？」

答えの代わりに、笑い声が中年男性から返ってきた。春陽は目をぱちぱちとまたたかせる。

「おもしろいことを聞く子だ。狐神町は里人《さとびと》以外が使う呼び名だ。普通に西《にし》の里《さと》と呼べばいいものを。君の名前は？」

「ぼ、僕は東雲春陽、です」

名乗った途端、なぜか中年男性の顔から表情が消えた。

「もしかして父親は、東雲正信っていうんじゃないか？」

「そうです。父を知っているんですか。よかった」

安堵する春陽を見て、中年男性はちっと舌打ちした。

「……そうか、あんたが禁忌の子か」

「僕、近視の子じゃないです。目はいいんですよ」

小首を傾《かし》げる春陽を見つめ、その男の顔が歪《ゆが》んだ。

「まさか知らないのか。参ったな。ひとりで来たのか？」

中年男性は、九歳の春陽には強すぎる力で腕を摑《つか》んできた。わけがわからず春陽は後じさる。

「は、放してください。おじさん、酔っぱらいなの？」

男の腕を振り払おうとしたが、両肩を押さえられ、身動きが取れなくなる。ぐっと中年男性が顔を近づけた。

「おい東雲の息子、お前、ここへ誰《だれ》と来たんだ？　母親はどこだ？」

「なんでそんなことを聞くの？　手を、放して！」

春陽は体を捻《ひね》るようにして、男の膝を蹴《け》りつけた。

相手が怯《ひる》んだ隙《すき》に、押さえていた男の腕を振りほどき、踵《きびす》を返して走り出す。

「逃がすものか！　待て、東雲のガキ」

振り返ると、般若《はんにゃ》のような恐ろしい顔で中年男性が追ってきている。

やだ、怖い。どうしよう。春陽はもう泣きたかった。追ってくる男の足は速く、俊足の春陽だが、じきに腕を摑まれてしまう。

「おい！　誰と来たんだ。母親は？　一緒じゃないのか？」

「ぼ、僕は、父さんと一緒に……母は来てないです」

「本当か？　嘘《うそ》をつくとただじゃおかないぞ」

正直に答えたのに、中年男性は両手で春陽の小さな肩を突き飛ばした。

「わっ……」

勢いよく後ろに倒れ、ずさっと尻もちをつく。じわりと目に涙が浮かんだ。

でも、ここで泣いたら負けてしまうような気がして、唇を嚙《か》みしめて立ち上がる。

目の前の中年男性を睨《にら》みつけると、彼は不機嫌そうな顔で舌打ちした。

「このガキが……どうしてくれよう」

その直後、背後から声が聞こえた。

「子供相手に、何をしている！」

ぴしゃりと打ちつけるような、凛《りん》とした声だった。振り向くと、春陽より五、六歳ほど年上の少年が立っていた。中学か高校の制服だろうか、ブレザーのボタンをすべて外し、ワイシャツを第二ボタンまで開け、ネクタイを崩して、どこか不良っぽい雰囲気だ。

背筋を伸ばした彼は、子供の春陽でも驚くほど整った美しい顔立ちをしていた。

（すごくきれいなお兄さん……ドラマに出ている人みたい）

春陽は、表情を変えないまま中年男性を見据えている美少年に見惚《みと》れた。

中年男性が、たじろぎながら春陽を指さした。

「じ、仁《じん》様！　この子は東雲の子です。例の禁忌の……」

「だから痛めつけていいと？」

美少年の低い声が放たれると、中年男性は顔を強張《こわば》らせた。

「いいえ、そんな、ただ母親が一緒ではないかと確認を」

「もういい。あとは俺が対応する。立ち去ってくれ」

親子ほど年下の美少年の言葉に、中年男性は「わかりました」と丁寧に頭を下げ、春陽のほうをちらりと見た後、走り去った。

　中年男性がいなくなってほっとしている春陽に、美貌《びぼう》の少年がゆっくりと近づいてきた。歩くたびにジャラジャラと金属がこすれる音が聞こえ、よく見ると、彼のベルトにゴールドチェーンが何重にも巻かれている。髪の色は金髪に近い茶色だ。

　助けてくれたけれど、彼は怖い人なのかな、と春陽が躊躇《ちゅうちょ》している間に、美少年は春陽の全身を見つめ、静かに訊《き》いた。

「怪我《けが》はないか？　ん？　その膝の怪我は？」

　少年の怜悧《れいり》な眼差《まなざ》しが、春陽の膝に注がれている。

「これは、竹林の中で転びました。さっきのおじさんは関係ないです」

　少年は「そうか」とつぶやき、流れるような所作で胸元からハンカチを取り出すと、春陽の前に膝をつき、傷口をハンカチで覆った。

「ま、待って。ハンカチが血で汚れてしまうから……」

「止血する。じっとしていろ」

　乱暴な口調だが、少年の手つきは優しく、膝の痛みが薄れていく。

「後でちゃんと消毒したほうがいい。他に怪我は？」

「あの……ありがとう、ございます。お兄さん」

　美少年は立ち上がり、春陽を見て眉根《まゆね》を寄せた。

「俺は君の兄じゃない。お兄さんなんて呼ぶな。綾小路《あやのこうじ》仁だ。呼ぶなら〝仁〟と――」

格好いい人は、名前まで素敵だった。

「僕は東雲春陽です。仁兄さん」

「だから俺は兄じゃない。禁忌の子供の兄なんかじゃ……」

「え？」

言いかけて我に返った美少年――仁は、気まずそうに口元に手を当てた。

「取り乱して悪かった。春陽だったな。君も災難だった。元気で――」

「えっ、お兄……いえ、仁さん。帰っちゃうんですか？　僕、おじいちゃん家に行きたいんです。でも場所がわからなくて」

仁は目を見開いた。

「迷子になっていたのか？　ここまでどうやって来た？」

「父と一緒に……でも途中ではぐれちゃって」

周囲を見回すと、住宅街と長い坂と畑が広がっている。見慣れない景色に、春陽の胸の中に再び不安が込み上げてきた。

「どうしよう、おじいちゃん家がどこか、全然わからない」

「事情はわかった。東雲家ならあっちの方角だ。俺が送ってやる。少し遠いが膝は大丈夫か？」

彼が膝にハンカチを巻いてくれたおかげで、もう痛みはほとんどない。

「平気です」

「よし、こっちだ」

仁と並んで、先ほど歩いてきた道を戻る。彼は春陽に合わせてゆっくり歩いてくれた。

考えをまとめるように、春陽は少し考えた。

「仁さん。さっきのおじさんがいたでしょう？」

彼は「ああ」と前を向いたまま答える。

「あの人は南の里の出身者だ。頭では理解しているが、気持ちを抑えられなかったのだろう。許してやれ」

「よくわかりませんが、僕、怒ってないです。ただ……あのおじさんは、僕の父の名前を知っていました。それに東雲って名乗ったら、驚いたんです。もしかすると酔っぱらっていたんじゃなくて、東雲家に何か恨みがあったのかも。僕の祖父母は、意地悪な人みたいだから」

「うん？　東雲夫妻は、温厚で優しい人たちだ。里の誰に聞いても、そう答えるだろう」

「えっ、おじいちゃんとおばあちゃんって、優しいの？」

「なんで驚いているんだ？」

「だって、おじいちゃんとおばあちゃんは、僕の母さんを嫌っているから……母さん、今日だって一緒に来たがっていたのに」

駅で別れた時の母の寂しそうな顔を思い出し、春陽の胸の奥がちくちくと痛む。

「それは別の問題だ。東雲さん夫妻の人柄とは関係ない」

「別の問題って、父さんに他の女の人と結婚してもらいたかったという話?」

仁は長い指先で長い前髪を掻き上げ、小さく息をついた。

「……君の父親は、君の母親と一緒になるべきではなかった」

仁の返事に、春陽はむっとした。

「そ、そんなこと……！　父さんと母さんは普段、仁さんがびっくりするくらい、仲がいいのに……！」

じっと見上げると、彼の瞳《ひとみ》は空のように澄んだ青色だった。その瞳が大きく揺れている。

「君は——生まれ落ちた瞬間から、罪を背負っている」

「僕が？　なんで？　罪って何？　仁さんはどうしてそんな意地悪を言うの？」

わけがわからず矢継ぎ早に質問する春陽に、美麗な仁の顔が強張った。

「やっぱり子供だな。何も知らないのか。君には気の毒だと思うが仕方がない。君の父親は間違った相手と結婚した。罪を背負った生を君はきっと呪《のろ》う。俺だって父を……」

唇を閉ざして目を伏せる仁に、春陽の首がさらに傾いた。

「仁さんは、お父さんが嫌いなの？」

「嫌いか好きかで割り切れる問題じゃない。俺は幸せになってはいけない。幸せを感じてもいけない。それが父から譲り受けた罰だ」

思いもよらない言葉に、春陽は目を丸くした。

「どうしてそんなことを言うの？　仁さんは誰かにそう言われたの？　もしかして、仁さんのお父さんがそう言ったの？　そんなのおかしいよ」

「……俺が学んだことで、父は何も言ってない」

眉根を寄せて黙った仁は、春陽よりずっと背が高いのに、泣くのを我慢している子供のように思えた。

春陽は、項垂れてしまった仁の背中を得意のジャンプで、ぱしんと叩《たた》く。

「何をする」

「仁さん、痛かった？」

「痛くはないが……」

「落ち込んでいたから、いじけ虫を追っ払ったの」

「いじけ虫？　なんだ、それは」

目をまたたかせている仁に、春陽は明るく説明する。

「なんだか仁さん、落ち込んでいたでしょう？　あのね、父さんがいつも言うの。落ち込んでも、いいことにならない。いじけ虫にとりつかれたら、家族でも友達でも、背中を叩いて取ってもらえばいいって」

「……」

何を言ってるんだというように眉を上げた仁に、春陽は笑顔で言葉を続ける。

「僕は、幸せだなって思う時がたくさんあるよ。父さんは、僕に幸せにならなくちゃ駄目だって言うし、失敗しても大丈夫だって、失敗しない人はいないって。だから落ち込まなくていいって、いつも言うんだよ」

「……自分が犯した罪を子に背負わせておいて、しゃあしゃあと。もういい、行くぞ。ついてこい！」

仁はくるりと春陽に背を向け、少し早足で歩き出した。その後を春陽は小走りで追いかける。

「僕、よくわからないけど、もし父さんが何か間違ったことをしたとしても、僕は父さんのことが好きだよ。もちろん母さんのことも。罰があっても好きだもん」

仁は足を止め、春陽の顔をまじまじと見た。

「まだ君は気づいていない。自分の存在が誰かを傷つけていることに。大切な人を苦しめていることに。俺は父を許せない。自分のことも嫌いだ」

怒っているのに、仁の顔は苦しそうに歪んでいる。こういう表情を春陽は知っている。

「仁さんは、お父さんのことが好きなんだね。だからそんな苦しそうな顔になるんだ。僕の母さんも、一緒に来られなくて、同じような表情をして、見送っていたよ。どうでもいいことで人は怒らないもん。仁さんはお父さんが大好きなんだよ」

「父のことなど……俺は……」

仁の声は小さくなり、唇を噛みしめて顔を伏せた。

「仁さん、すごく辛そうな顔をしているよ。僕の父さんが言ってた。気持ちは言葉にしないと伝わらないって。そうだ、僕の母さんは辛いことがあると、美味しい料理を食べると元気が出るって。仁さんもお母さんに、好きな料理を作ってもらうといいよ」

「――母は死んだ」

吐き捨てるように落とされた言葉のあと、仁の目からぽろりと涙があふれた。

彼の頰《ほお》を伝う透明な涙に、春陽は息を吞む。

「あ、の……ご、ごめんなさい。僕……」

言葉が続かなかった。仁を励ますつもりだったのに泣かせてしまった。どうしよう。

「……春陽のせいではない。俺が君くらいの時、母は死んだ。もう……いない。謝ることも、できない」

見たこともないきれいな顔の彼が嗚咽《おえつ》を漏らし、手で乱暴に濡《ぬ》れた頰を拭《ぬぐ》った。

「仁さん……」

春陽から視線を逸《そ》らせ、仁はゆっくりと、恥ずかしそうに口を開く。

「情けないところを見せた。子供とはいえ、人前で泣くなど、一生の不覚だ」

「ううん。泣くことは僕もしょっちゅうあるよ。そんな時は僕、父さんか母さんに話して、背中を叩いてもらうの。元気が出るまで何度も。仁さんの背中も叩いてあげる」

無邪気な春陽の提案に、仁の頬が緩んだ。

「そうか。ならばそのいじけ虫とやらがいなくなるようにしてくれ」

仁が春陽に背を向けて片膝をつき、春陽が叩きやすいようにしゃがんだ。

痛くないように手加減しながらパン、パンと音をさせ、春陽が仁の背中を叩く。

「もっと強く叩いてくれていい」

「あ、うん……！」

力をこめて叩いていると、彼のやわらかな細い髪が日差しを反射して眩《まぶ》しい。どうか彼が元気になりますようにと春陽は願う。

「……ああ、本当にいじけ虫が逃げ出した後のように心が軽くなった。ありがとう、春陽。俺は――落ち込みやすい。心が脆《もろ》いのだろう」

仁は立ち上がると、そんなことを言う。春陽は首を傾げた。

「そうなの？　仁さんはおじさんを叱《しか》ってくれたよ。それにすごく格好いいよ……！　テレビで見る歌手とかより、ずっときれいな顔をしているもん」

言ったあとで、なんだかくすぐったいような恥ずかしい気持ちになって、春陽はおたおたとあわてた。仁は黙ったまま、春陽の頭に手を置き、くしゃくしゃと撫でた。

「もし春陽がいじけ虫にとりつかれたら、俺が背中を叩いてやる。いいか春陽。くじけそうになったら、俺に背中を叩かれていると思って元気を出せ。いじけ虫がいなくなるまで、今度は俺が叩くから」

明るい口調の彼はすっかり元気になったようで、春陽は（よかった……）と思う。

「さあ、東雲の家まで送っていく。確か三丁目だったはずだ。こっちだ」

「はい……！」

風が気持ちいい。彼と会えてよかったと弾んだ気持ちで歩いていると、畑を通り越した先に別の住宅街が見えてきた。

「――あそこだ。あの家が東雲家だよ。ほら、男の人が立っている」

仁が指さした先を見つめ、春陽はぱぁっと顔を輝かせた。

「父さんだ！」

心配していたのだろう。住宅街の中の小さな和風の家の玄関に、父が立っていた。不安げに左右をきょろきょろ見渡している。

「お父さーん！」

「……春陽！」

安堵した表情になった父が駆け寄り、春陽を強く抱きしめた。

「苦しいよ、父さん。息ができない」

「春陽、遅かったな。心配したぞ」

父の腕の中から出ると、春陽は怒った。

「父さんが勝手にすたすた歩いていくから、僕、困ったんだよ」

父の正信のお腹をぽかりと叩く。父はハハハと声を上げて笑った。

「そうか、父さんの足が長すぎて、追いついてこられなかったのか」

「何を言ってるの。本当にもうっ」

正信は運動神経はとてもいいが、身長は百七十センチで、至って普通の容姿をしている。足だって全然長くない。

「歩くの、速すぎだよ。父さんは」

春陽はため息をこぼした。もし仁に会えなかったら東雲の家へ無事に辿《たど》り着けなかったかもしれない。

「そうだ、仁さん、ありがとうございま……」

振り返った時には、強い日差しが照りつけるだけで、もう仁の姿はなかった。

「どうした、春陽。ぼうっとして。ジイさんとバアさんが待っているぞ」

「あのね、ここまで送ってくれた人に、お礼を言おうと思ったの。でもいなくて……」

「誰かが送ってきてくれたのか。そうか——父さんもお礼を言いたかったな。さあ、家の中に入りなさい」

父に背中を押され、玄関ドアを開けると、祖父母が笑顔で出迎えた。

「おぉ、春陽！　久しぶりだな。大きくなって」

「まあまあ、春陽ちゃん、いらっしゃい。喉《のど》が渇いてない？　ジュース飲む？　お昼は巻き寿司をたくさん作ったのよ」

「おじいちゃん、おばあちゃん……こんにちは。会いたかったです」

仁が言った通り、祖父母は優しかった。春陽を抱きしめ、可愛《かわい》い、可愛いと嬉しそうに目を細めている祖父母に、思い切って訊いてみる。

「あのね、おじいちゃんとおばあちゃんは、お母さんのことが嫌いなの？」

「それは……」

祖父と祖母だけでなく、そばにいる父まで哀しそうな表情になって黙ってしまった。

春陽は自分がひどいことを言った気がして、それ以上、何も訊けなくなってしまう。

祖父母と父と春陽の四人で一緒に巻き寿司の昼食を摂《と》り、栗蒸しようかんを手渡すと、父は「明子が待っているから、そろそろ帰る」と言い出した。

「春陽ちゃん、また狐神町へ遊びに来てね」

「はい。おじいちゃんたちも、お元気で」

祖父母と手を振って別れ、春陽は父と一緒に慌ただしく母がいるホテルへ戻った。

母は父に、しきりに祖父母の様子を訊いていたが、父は「元気だったよ」とだけ答えていた。

(仁さんにもう一度会って、ちゃんとお礼を言いたかった。また会えるかな。会いたいな)

そんな春陽の願いは、なかなか叶《かな》わなかった。両親ともに多忙になったのだ。

父の正信は商業作品のフリーデザイナーをしていたが、仕事の依頼が増え、デザイン事務所を起業した。そして少し広い中古住宅を購入したことで、料理好きな母の明子が一階に、小さなカフェ『ノエル』を開店した。

春陽は学校が休みの日はカフェを手伝ったり、母に代わって家事をしたり頑張った。

(狐神町のおじいちゃんおばあちゃん、それに仁さんも、元気かな。今度は母さんも一緒に帰省できるといいな)

春陽は窓の外の澄んだ青空を見つめ、遠く離れた瀬戸内の地へと思いを馳《は》せた。

＊＊＊＊

時は静かに、そしてゆるやかに流れ……狐神町で仁と出会った日から十四年が経った。

九歳だった春陽は二十三歳になり、小柄だったが、高校に入った頃から身長が伸び始め、なんとか父と同じ百七十センチになった。

全体的に母親似で、華奢《きゃしゃ》な体軀《たいく》と色白で童顔のため、社会人になっても大学生や高校生に間違えられることが多々あった。


そして今日――春陽は深いため息をつき、そっと目を閉じている。

（とうとう、今日で最後か……）

大学を卒業後、私立中学校の事務職員に採用された春陽だが、わずか三か月後……仕事に慣れた梅雨《つゆ》入りの頃に、直属の上司である事務部長が起こした不祥事で、連帯責任をとる形で依願退職することになってしまった。

校長と向かい合い、退職願と書かれた封書を差し出す。

「……お世話になりました」

「東雲くん、本当にすまないね」

春陽は小さく首を横に振った。悪いのは自分でも目の前の校長でもなく、未成年へのわいせつ行為を行った事務部長だとわかっている。生徒や保護者からの信頼を失った事務室をこのまま継続することはできないと、学校の経営陣は判断し、新しい職員を募集して再スタートを切ることにしたのだ。

「東雲くんは、新人ながら本当によく頑張ってくれていた。こんなことになってしまって、本当に申し訳ない」

心から校長がそう思ってくれていることが伝わってきて、春陽の目の奥がじわりと熱くなる。

「本当にお世話になりました」

もう一度お辞儀をして、春陽はデスクとロッカーの荷物をすべて紙袋に詰め、私立中学校を後にした。

電車を降りると、いつの間にかぽつぽつと雨が降り出していて、両手に荷物を持ったまま、急ぎ足で家に向かう。

「明日からは、通勤しないんだ」

つぶやくと、どっと寂寞《せきばく》の想いが込み上げ、就職してからの記憶が一気に胸に去来した。

初めて自分のデスクに座った時の誇らしい気持ちや、憧《あこが》れていた学校事務の仕事を一通り教えてもらったこと。職員室の教師たちと親しくなれたし、廊下で生徒と話をした。今から思えば、本当に幸せな時間を過ごせたと思う。

（ずっと働けると思っていた。でも、もうあの中学校に行くことはない……）

止まりかける足に力を入れながら、細い糸のような雨に打たれ、通りを歩いていく。

（父さんと母さんになんて言おう……）

二人とも春陽の就職を喜んでくれたのに、たった三か月で退職することになるなんて。

両親にはまだ上司の不祥事のことを話していない。

驚き、落胆する両親の顔を想像すると、ふいに視界が滲んだ。不覚にも涙が零《こぼ》れそうになり、ぐっと紙袋を持つ手に力を込める。

「元気を出さないと。元気……、う、うぅ……」

自分を叱咤《しった》しようとしても駄目だった。頰を雨とともに涙が伝い落ちていく。

「こんな、時は、美味しいものを食べて……、それから、いじけ虫を……追い出して……」

雨に打たれて、とぼとぼ歩いていた春陽は足を止めた。しょぼくれた背中を叩いて、互いに顔を見合わせた人を思い出す。

――君がいじけ虫にとりつかれたら、俺が背中を叩いてやる。くじけそうになったら、俺に背中を叩かれていると思って元気を出してくれ。今度は俺がいじけ虫がいなくなるまで、叩くから。

そう言って優しく笑ってくれたのは、春陽より五歳ほど年上の美しい少年だった。

また会いに行きたかったが、フリーデザイナーの父の起業と、料理好きな母のカフェ開店で、休みが取りにくくなったことと、祖父母がまだ母を嫌っていることもあり、狐神町への帰省は叶わなかった。

十四年も経って名前は忘れてしまったけれど、春陽を祖父母の家まで送ってくれた美少年のことは、今もずっと胸の奥に残っている。

「そうだ。落ち込んでいても状態がよくなるわけじゃない」

小さくつぶやいた春陽は、自分の背中を叩く代わりに、トンと心臓の上の辺りを服の上から叩き、言い聞かせる。

「いじけ虫に負けるな……！　無職でも元気を出せ……！」

そのまま背中を伸ばして歩いていく。静かに雨と涙が頰を濡らし、春陽は立ち止まって荷物を持ち直すと、唇を嚙みしめて家まで歩いた。

その夜、春陽は両親に退職したことを話した。

驚いたことに、二人は学校の不祥事を知っていた。春陽のことを心配し、黙って見守ってくれていたのだ。

「春陽はまだ二十三歳だ。やりたいことにチャレンジすればいい」

父の正信の言葉に、母の明子も深く頷《うなず》く。

「そうよ、母さんたち、応援するからね」

「ありがとう、僕はできれば学校事務の仕事がしたい。頑張って探すから」

春陽はハローワークに通って仕事を探したが、時期が悪くなかなか仕事が決まらなかった。焦る気持ちを抑え、母の明子がひとりで切り盛りしている小さなカフェを手伝いながら職を探す生活が続いたある日、父の正信が声をかけてきた。

「春陽、再就職はどうだ？」

「なかなか求人がなくて。学校事務の仕事は年度替わりにならないと無理みたい」

違う職種でもいいから採用試験を受けたほうがいいのかもしれない、と付け加えると、正信は小さく首を横に振った。

「学校事務の仕事がしたいなら、頑張って探したほうがいい。ちょうど父さんの実家がある狐神町で学校事務を募集しているらしいから、受けてみるか？」

「えっ、本当？」

できることなら再び学校事務職員として勤務したい。諦めかけていた春陽は顔を輝かせた。

「春陽が学校事務の仕事を探していると相談したら、ちょうど狐神学園という、狐神町の小中学校一貫校で、実務経験がある事務職員を募集していると、ジイさんとバアさんが連絡をくれた。春陽に知らせてくれって」

「おじいちゃんとおばあちゃんが？」

「そうだよ。狐神学園に勤めていた女性事務職員のひとりが結婚し、今年度いっぱい仕事を続けるつもりだったが、妊娠して悪阻《つわり》が重く、今月末での退職を希望しているそうだ。狐神学園は父さんの母校だし、春陽が採用になって、狐神町で暮らしてくれたら嬉しいと、ジイさんとバアさんが言ってるんだよ」

祖父母に会ったのは九歳の時以来で、なつかしさが込み上げてくる。

「まあ、よかったわね、春陽。おじいちゃんたちがいる田舎なら安心だわ」

よかったと言いながら、母の明子の表情はどこか寂しそうだ。

「母さん……」

明子は季節が変わるたびに、和菓子を作って送ったり、歩み寄りを見せているが、東雲家から連絡はない。一方、春陽が手紙や写真を送ると、ちゃんと返事がくるのだ。

祖父母はまだ母を許していないのだと思うと、春陽は狐神学園の採用試験を受けることに躊躇する。正信が首を竦め、明子の背中を優しく叩いた。

「まあ、いろいろあるんだ。そりが合わないことは考えても仕方がない。明子、いじけ虫に負けたら駄目だよ」

「あなた……そうね。春陽のことは可愛がってくれているし、正信さんがこのままでいいと言うのなら、それでいいかもしれないわね」

明子は半ば諦めているようで、苦笑している。

いろいろあるのだろう。嫁と姑《しゅうとめ》は、仲が悪くて離れているほうがいいという話も聞いたことがある。

「春陽、狐神学園の事務職員の採用試験を受けてみるか？」

「うん……！　受けたい。合格できたら狐神町に住むことになると思うけど、本当にいいの？」

両親は「もちろん。春陽がしたい仕事をするのが一番嬉しい」と答えてくれた。

履歴書を送ると、記載したメールアドレスに狐神学園から採用試験の日時が送信され、祖父母からバス停から家までの地図が郵送されてきた。

採用試験の前日、春陽は着替えやパジャマをデイパックに詰めて、新幹線と在来線を乗り継ぎ、都内から狐神町の祖父母宅へ向かった。

窓の外に広がる梅雨の晴れ間を見つめながら、腰が痛くなってきた頃、ようやく瀬戸内の町に電車が到着した。

デイパックを背負って電車を降り、深呼吸する。この駅に降り立ったのは十四年ぶりだ。

「小さな駅……そうだ、覚えている。母さんはホテルで待って、僕と父さんの二人でおじいちゃん家へ向かったんだ。なつかしい」

地図を確認しながら、あの時と同じようにバスに乗り、降りて歩いていくと、雑木林が見えてきた。その直後、禍々しい気配が春陽を包み込み、思わず足を止める。

（なんだか変な感じがする。気のせいかな）

身を引くようにして周囲を見回すが、竹林の中を眩《まばゆ》い太陽の光が降り注いでいるだけだ。

ぐっと拳を握り、竹林を抜けると、のどかな田園風景と穏やかな街並みが広がっていた。

「ここが狐神町……そうだ。こんな町だった」

祖父母から送られた地図を見ながら田畑の横を通り、住宅街の中を抜けて、分かれ道を左折する。小一時間も歩くと、迷わず祖父母の家の前に着いてほっとした。

東雲の実家は閑静な住宅地の中にあった。和風の二階建ての住宅を見ると、九歳の時に父と一緒に訪れた記憶がよみがえり、なつかしさと緊張で鼓動が速まっていく。

呼び鈴を押すと、祖母が玄関ドアを開けてくれた。春陽は背負っていたデイパックを胸に抱え、勢いよくお辞儀をする。

「お久しぶりです。おばあちゃん」

「まあ春陽ちゃん、大きくなって……！　どうぞ入って。遠くからひとりで来て、疲れたでしょう」

丸い顔をほころばせ、祖母は目を潤ませた。

応接間を兼ねている和室へ通されると、座卓で新聞を読んでいた祖父が顔を上げて、目を細めた。

「おぉ……、春陽、よく来た。すっかり大きくなったのぅ」

「おじいちゃん、こんにちは……！　元気そうでよかった」

父によく似た雰囲気の祖父は、読んでいた新聞を畳んで座卓の上に置くと、隣に座るよう春陽に手招きした。祖母が急須《きゅうす》と湯呑《ゆのみ》を三個載せたお盆を手に入ってくると、和やかな空気に包まれた。

「おばあちゃん、お茶をありがとうございます」

「まあまあ、そんなに緊張しないでね。自分の家だと思ってくつろいで」

熱いお茶を飲むと気持ちが落ち着き、春陽はデイパックの中から、母が持たせたお土産を取り出した。母の手作りの水無月《みなづき》という、三角の外郎《ういろう》の上に小豆《あずき》をたっぷり載せて固めた和菓子だ。

「あの、これ母からです。僕も少し手伝いました」

おずおずと差し出しながら、母のことが嫌いな祖父母が嫌な顔をするかと不安になったが、杞憂《きゆう》だった。

祖母は微笑《ほほえ》んで和菓子を受け取り、蓋を開けると、祖父が覗《のぞ》き込む。

「ほう、水無月か。邪気を夏越の祓《はら》いで取り除くといわれている縁起物だのぅ。あとで春陽も一緒に食べようなぁ」

「明子さんはお料理上手ね。あたしたちが好きな和菓子を手作りして、よく送ってくれるのよ」

祖父母は母のことを嫌いなのだと、小さな頃から聞かされていたが、春陽に気を遣っているのか、そんな素振りは見えない。春陽は内心、混乱していた。

荷物を置き、祖父母と三人でお茶を飲んで休憩したあと、春陽は両手を膝に置いて思い切って祖父母へ切り出した。

「おじいちゃん、おばあちゃん。母は一度もこの東雲の家に来たことがなくて……寂しそうにしています。今度、母もここへ呼んでもらえませんか？　きっと母はすごく喜ぶと……」

祖父母の表情が消えるのを目の当たりにして、春陽の語尾が小さくなって途切れた。

（しまった。やはり言ってはいけないことなの……？）

動揺して目を泳がせる春陽に、祖父が探るように尋ねた。

「正信から、我々についての話を聞いているんだろう？」

「あ、はい」

――祖父母は、知り合いの娘と結婚してほしいと、昔からずっと思っていたという父の言葉を思い出し、春陽は喘《あえ》ぐように息をついた。

「おじいちゃん、おばあちゃんの気持ちもわかります。でも、あの……」

「明子さんの気持ちを考えると、我々も辛いんだ。しかし、ここへ来てもらうことはできない」

「そんな……」

母と仲よくしてほしいと祖父母に頼もうと思っていた春陽だが、今は何を言っても伝わらないような気がした。気まずい空気を払拭《ふっしょく》するように、深呼吸して話題を変える。

「おじいちゃん、おばあちゃん、採用試験のことを教えてくれてありがとう。僕、合格できるように頑張ります」

「ちょうどいいタイミングで、狐神学園で事務職員を募集していてのぅ……本当によかった。春陽なら大丈夫だと思うぞ。試験は明日――悔いのないようにのぅ」

「はい！　僕、これからその狐神学園を見に行ってきてもいいですか？　初めての場所なので、どのくらい時間がかかるか、行く道順も調べておきたいんです」

採用試験に遅刻するわけにいかない。初めての場所なので、下見に行っておきたかった。

「そうね。ここは狐神町の外れで、学園まで距離があるのよ。バスの路線からもはずれているから、自転車で行く？　庭にあるはずだから」

「はい、貸してください。それから学校の場所は……」

「狐神学園は北上していくと見えてくるわ。上り坂の上にあるからわかりやすいと思うの。町中の様子を見てくるつもりで、ゆっくり行ってきたらいいわよ。夕食までには帰ってきてね」

まだ昼前で時間はたっぷりある。春陽は頷き、「ありがとう、僕、ちょっと行ってきます」と断ると、祖父が時々使っているというママチャリを借りた。

玄関で見送っている祖父母に手を振り、力強くペダルを漕《こ》ぎ出す。町の大通りは、北へ行くほどなだらかな上り斜面になっていて、その天辺に町全体を見下ろすように、大きな建物が見えた。

「あそこが学校か……！」

出発の時間をスマートフォンで確認し、軽快に自転車を漕ぐ。民家や田畑を通り抜け、ぬるい風が春陽のやわらかな髪を撫でるように吹きつけていく。

（いい町だなぁ）

ふいに春陽は、十四年前にあぜ道を歩いて、祖父母の家まで送ってくれた美少年のことを思い出した。驚くほどきれいな顔をしていたと記憶しているが、もうどんな顔だったか、名前さえ覚えていない。それでも彼と交わした言葉はずっと、春陽の胸の中に残っている。

（採用試験に合格して、この町で暮らすようになったら、あの人に会えるかな。十四年も経っているから、僕のことを忘れているだろうけど……）

背中を叩き合った美少年のことを思い出すと、不思議と胸の奥にあたたかな気持ちが込み上げてくる。長い坂の途中で自転車を降り、押して上がる。息が切れ、角を曲がると、高い石垣が見えた。

「ふぅ……ようやく着いた」

春陽は自転車を石垣のそばに停《と》め、スマートフォンでかかった時間を確認する。

「自転車で四十分か。明日は正午過ぎに出発しよう。それにしても、狐神学園の正面玄関はどこだろう」

敷地自体も恐ろしく広く、どこから入るのかわからず、石垣をぐるぐると回っているうちに、小さな出入り口を見つけた。裏門だろうか。

その狭い門を押し開ける。ぎぎっと軋《きし》み音を立てて開いた扉から中に入ると、黒色の壁の純和風の豪邸がそびえていた。

「すごい。お城みたい……これが校舎？」

私立の小中一貫校とはいえ、こんな和風の校舎というのは珍しい。啞然《あぜん》と立ち尽くしていると、奥から子供の声が聞こえてきた。

（日曜日だけど、生徒が校庭で遊んでいるのかな……）

声がするほうへ歩いていくと、見たことのない草木や美しい花々が植えられ、まるで森のようになっている。

「ここ、本当に学校？」

庭園は手入れが行き届いているが、池と高い樹木が配置され、遊具がない上に校庭もない。学校にしてはなんだかおかしいと思い、池の前で歩みを止めると、きゃあきゃあと楽しそうな声が近づいてきた。

「まって、まってーずるいよ、あたしばっかり鬼で」

「早く、早く、こっちだよ」

池のほとりからちょこんと顔を出したのは、白色の着物姿で同じ顔をした三歳くらいの二人の子供だった。

小中一貫校と聞いているが、幼稚園か保育園が併設されているのだろうか。それにしても着物を着ているのは珍しい。

「あの、こんにちは」

春陽が声をかけると、二人は目を丸くして動きを止めた。思わず指でつつきたくなるようなふっくらした丸い顔と、丸い体がとても愛らしい。

「はぅ……。おにいたん、だあれ？」

「どして、ここにいるの？」

春陽の股下《またした》くらいの高さしかない二人は、不思議そうに春陽を見上げ、ぱちぱちと大きな瞳をまたたかせている。

「驚かせてごめんね。ちょっと教えてくれる？　ここは狐神学園という学校だよね？」

二人に訊いてみると、白地に青色の紋様が描かれた着物を着た髪の短い子が、元気よく答えた。

「がっこうと、ちがうー」

「えっ、学校じゃないの？　困ったな。間違えて入ってしまった。それじゃあここはどこなんだろう……」

「ここは、あやのこうじの、おうち」

そう言ったのは、白地に赤色の小花が散った着物を着た子だ。少し髪が長い。こちらは女の子のようだ。

「君たちのおうちなの？」

こくんと二つの小さな頭が同時に縦に動いた。

広大な邸《やしき》はとても個人宅とは思えないが、ものすごく大金持ちの家なのだろうか。

男の子のほうが大きな声を出した。

「おにいたん、ドロボー？」

「えっ、ち、違うよ。勝手に入ってしまって、ごめんね。でも泥棒じゃないからね」

しかし、やんちゃ坊主は聞いてくれない。

「わるいドロボーめ。やっつけてやる！　行くじょ！」

突っ込んできたやんちゃ坊主は、小さな手で春陽のズボンを摑み、えいっと叫んでちょこんと足を上げた。キックのつもりらしいが全然届いていない。

着物だというのに気にせずやんちゃをする子供に、春陽は吹き出しそうになり、手で口を押さえた。男の子は唇を尖《とが》らせる。

「おにいたん、どちて、たおれないの？」

はっとなった春陽は、子供の気持ちを踏みにじってはいけないと思い、「や、やられた……！」と芝生の上によろよろと倒れてみせた。

「やったー、ドロボーをやっつけた」

喜んでいる男の子に、女の子が「あゆむ、まって」と声をかけ、倒れている春陽のそばに来てすとんとしゃがみ込んだ。

「おにいたん、おきゃくさん？」

心配そうな顔に、春陽は起き上がって答える。

「えっと、僕は——お客さんでも泥棒でもないんだ。東雲春陽というの。よろしくね」

「よろしく、春たん」

可愛い声で〝春たん〟と名前を呼ばれ、春陽は嬉しくなった。

「あの、君たちの名前を訊いてもいいかな？」

「ボクは綾小路歩《あゆむ》」

「あたし、綾小路華《はな》」

「歩くんと華ちゃん？　いい名前だね。兄妹かな？　二人ともすごく可愛い」

二人はぱあっと嬉しそうに顔を輝かせた。

「あゆむのこと、かわいいって。春たん、いいやつ」

「はなも、とってもうれしい」

二人は顔を見合わせて、きゃっきゃとはしゃいでいる。

「ねえ、春たんは、どして、うちにきたの？」

歩が春陽を見上げて確認するように言う。

「学校と間違えて入っちゃったんだ。本当に、ごめんね」

「そっか。春たん、いいよー」

歩と華が手を伸ばし、春陽にしがみついてきた。あたたかくてやわらかな二人の体をそっと抱き寄せると、歩の髪の上に、ふさふさとした獣の耳のようなものが見えた。

驚いた春陽が、「あっ」と小さく声を上げると、華の頭上にも、同じように獣耳が立ち上がり、ぴょこぴょこと動き出す。

「……っ！　そ、その耳はどうしたの？　さっきまでなかったけど、何かの玩具《おもちゃ》？」

　カチューシャのような玩具だと考えて納得しようとした春陽に、歩と華は同じ方向に、ちょこんと愛らしく小さな頭を傾けた。

「おもちゃと、ちがう。これボクの耳なの」

「しっぽもあるの」

　歩と華は立ち上がると、息の合った所作でくるりと後ろを向いた。やわらかそうな毛で包まれた長い尻尾《しっぽ》が揺れている。

「尻尾が……！　これって玩具じゃないの？　え、どうして？　信じられない！」

　驚きすぎて叫ぶように言うと、華がびくっと小さな体を揺らした。

「いや……春たん、おこってる。こわい……」

　華がしゃがみ込み、顔を両手で覆って、しくしくと泣き出した。

「はなをいじめた！　いくじょっ」

　歩が再びファイティングポーズを取り、とたとたと走ってきた。

「歩くん……」

「キーック！　とうっ」

　足を振り上げた途端、歩の小さな体がバランスを崩し、華を突き飛ばして、ステンと転んでしまった。

「ふえぇん、いたいー、あゆむが、あたしにぶつかった」

華が怒り出した。歩はあわてて華に謝る。

「あ、ごめんね、はな」

「なにしゅるの。いたかったー」

華が小さな両手を合わせて人差し指で数字を書くように動かした。

何をしているのだろうと思っているうちに、いつの間にかひらりと細長い白布が現れ、歩の足に絡みついた。ドサッと尻もちをついた歩が怒り出す。

「あやまったのにー、はなのバカー」

歩の小さな体から何か冷気のようなものがあふれ出てくる。ぞくぞくとする悪寒に、春陽は青ざめた。

「歩くん、華ちゃん……二人とも落ち着いて」

「ボク、あやまったのにぃぃっ」

悔しさと怒りが混ざり合い、歩の全身から禍々しい黒雲のようなものが立ち込めていく。

(何が起こっているの？　歩くんの様子がおかしい)

春陽は華をかばうように前に出る。

歩はパチンと両手を合わせ、左の手を軽く握り、右の手を上から包む。すると閃光《せんこう》が歩の手から放たれた。光の束はよけたが、熱風をよけきれず、春陽は後ろに吹き飛ばされた。

華も驚いて尻もちをついている。

「やめなさい、歩！　華も！」

中庭に面した漆黒の邸のほうから聞こえてきた諫《いさ》めの声に、歩の体がぴくっと揺れた。

「あ……はな、ごめん。春たんも……」

「歩くん……！　華ちゃん……！」

春陽は、ようやく落ち着きを取り戻した歩と、ゆっくり立ち上がった華を両手で抱き寄せる。

「ごめんね、僕が大きな声を出したから……。尻尾と獣耳に驚いたんだ。だから二人とも喧嘩しないで」

華がおずおずと顔を上げ、か細い声で問う。

「春たん、あたしをまもってくれたの？　おこってないの？」

「全然怒ってないよ。驚いただけ。ごめんね」

「うぅぅ、春たん、ありまと。はなをきらいになっちゃイヤ」

華がぐしゅぐしゅと涙を袖で拭いながら春陽にしがみつく。歩が勢いよく駆けてきた。

「ボクも春たん、しゅきー。こうげきしてごめんね。いたかった？」

「ううん。大丈夫だよ」

「ふえええぇん。春たあぁぁん」

もふもふとした尻尾がぷるぷると震えているのを見て、春陽の胸が痛んだ。

二人の肩を抱き寄せ、頭をゆっくり撫でる。そっと確かめるように獣耳に触れると、二人はぴくりと体を跳ねさせ、「やー、くすぐったい」と涙で濡れた頬を緩めて笑った。

やわらかな感触、そしてくすぐったそうに笑う子供たちの様子に、玩具ではなく、本物の獣耳と尻尾だと理解した。

「歩くん、華ちゃん……嫌いになったりしないよ。二人とも大好きだから泣かないで」

「はなも。春たん、しゅき」

「あゆむだって、しゅきだもん」

春陽が二人をさらに強く、包み込むように抱きしめると、嬉しいのだろう、二人の獣耳が頷くように動き、尻尾が左右にぱたぱたと揺れた。愛らしい仕草に、二人の耳と尻尾が本物でも玩具でも、大差ないような気持ちになっていく。

「――歩、華」

静かだがよく通る声が聞こえ、そちらを振り向いた春陽は、ハッと息を呑んだ。

恐ろしいほど美しい顔をした男が、そこに立っていた。研ぎ澄まされた刃《やいば》のような美貌を持ち、歩と華と同じように白色の着物を着て、金髪に近い明るい髪をしている。

「あ、先ほど歩くんを諫めてくれた方ですね。は、初めまして。その……」

緊張してしどろもどろになる春陽を見つめ、信じられないほど美しい男性は訝《いぶか》しげに眉根を寄せた。

「どちら様ですか？　勝手に邸に入り込んで——」

この上なく整った顔立ちに怒りの感情が浮かんでいる。ひやっと冷たい汗が背中を伝い落ちた。

「あ……すみません。ぼ、僕は、怪しい者では……」

学校だと勘違いして、勝手に入り込んだことを謝罪しなければと思うのに、美麗な彼から発せられる人を圧するような気配に、喉から声が出なくなった。

男性はすっと顔を歩と華のほうへ向けた。

「歩、華……」

「ご、ごめんなさい、とーちゃ」

「もうしません。ごめんなさい」

とたとたと二人が駆け寄ると、美形の男性から発せられていた憤怒《ふんぬ》が薄まった。ほっとしながら、春陽は歩と華と向き合っている男性を見つめる。

（この人が、二人のお父さんなのかな。すごくきれいな人……どうりで二人とも可愛い顔をしているはずだ）

父親がこれほど美形ならと納得する。

「感情に任せて印を結んではいけないと教えているだろう？」

「あいっ、きをつけるー」

「ごめんなさい、とーちゃ」

二人は美形の父親に頭を下げると、ぽつんと立っていた春陽を紹介してくれた。

「とーちゃ。おともだちの春たん！」

「おにわで、いっしょにあそんでいたの」

眉を上げて美青年は春陽を見た。

「わかった。俺はこの人と話がある。和代《かずよ》が昼食を作っているから、もう少し外で遊んでいなさい」

「とーちゃと春たんと、いっしょにあそぶー」

「俺はこの人とあとから行く。奥の花壇で紫陽花《あじさい》が咲いていた。見に行っておいで」

「わぁ、アジサイたのしみ。いこう、あゆむ」

「うん、いこうー。春たん、とーちゃ、あとでー」

二人は手を繋《つな》ぎ庭園内の花壇のほうへ、とたとたと元気に駆けていく。その後ろ姿を見送った美貌の父親が、春陽へと向き直り、表情を変えた。

「さて――お前は不法侵入者だという理解でいいか？」

「……！」

美形の彼が睨むと迫力がある。春陽は怯《おび》えながらもあわてて言い訳をする。

「ち、違うんです。その、すみません。間違えて……狐神学園だと」

「狐神学園はあっちだ」

彼の白く長い指が動いた先は、この屋敷から少し下った場所にある、白色の三階建ての校舎だ。小中一貫校にしては小規模だが、校庭の遊具や広いグランドが見え、今さらながら、この屋敷を学校だと勘違いしたことが恥ずかしくなった。

「す、すみませんでした。僕はこちらに来たばかりで……裏の出入り口が開いていたので、学校だとばかり……」

春陽が深く頭を下げて謝罪すると、男性はため息をついた。

「誘拐犯かと思って肝が冷えた。裏口から入ってきたのか……」

横を向いて思案していたが、彼はじきに顔を上げた。

「それで、お前は学園へなんの用だ？　日曜日は誰もいないし、校内には入れないはずだ」

「えっと、家からどのくらい時間がかかるか、調べておこうと思ったんです。明日、採用試験があるので」

実際、こうして学園の場所を間違えてしまった。下見は大切なのだと改めて思う。

「採用試験？　ああ、事務職員の……」

「は、はい。よくご存知ですね」

なぜ彼が狐神学園の事務職員の採用試験について知っているのだろう？

（あっ、もしかして、彼も採用試験を受けるとか……？）

募集人数は一名のはずだ。こんな見たことのないほど美麗で長身で頭の良さそうな人がいたら、誰だってそちらを採用するだろう。しかもこんなお屋敷に住んでいるのだ。勝ち目はないと、春陽の希望がしぼんでしまう。

「あの……あなたも明日の試験を、受けられるんですよね……？」

おずおずと尋ねる春陽に、彼は呆《あき》れたような顔になった。

「的外れなことを言う奴だ。俺は狐神学園中等部で数学を担当している教師だ。名前は綾小路仁――」

「えええっ！」

春陽は口を大きく開けて凍りついた。この人が小中一貫校の数学教師だということもびっくりしたが、何より仁という名前に驚いたのだ。

（あ、綾小路仁……聞いたことがある……。仁さん？　あ、もしかして）

九歳の時に、道に迷っていた春陽を東雲の家まで送ってくれた美少年がいた。顔も名前も忘れてしまったけれど、きれいな顔をして、不良っぽい格好だったことと、彼との会話は強く記憶に残っている。彼の名前が仁ではなかったか。春陽はこくりと喉を鳴らした。

（そうだ、こんなきれいな人、珍しいと思った……！　僕のことを覚えてくれているだろ

うか)

「ぼ、僕は東雲春陽です！」

覚えていてほしいという願いを込めて大きな声で名乗ると、美貌の彼――仁は、淡々とした表情でひとこと、「そうか。よろしく」と言った。

「あ……こ、こちらこそ、よろしくお願いします」

(仁さんは僕のことをすっかり忘れてしまっている……)

十四年も前に少し話しただけの相手のことなど、忘れているのが当たり前だ。仁の反応は自然だと頭では理解できるのに、いじけ虫の話をしながら、一緒に歩いた春陽のことを、仁が時々思い出してくれているのでは……と想像していた。それなのに、彼の記憶にはまったく残っていなかったのだ。

仁が静かに口を開いた。

「確か、事務職員採用試験は、五人ほど受けに来ると聞いている」

「ご、五人も？　その中で採用はひとりですよね……」

そんなに多いのかと春陽は目を丸くした。

「試験内容は面接だけだ。落ち着いて臨み、しっかり自分の考えを伝えれば、大丈夫だと思う」

そうだ、明日の採用試験を精一杯頑張らなければ。気持ちを切り替えて、春陽は仁を見上げた。

「ありがとうございます。それから、別のことなんですが、気になったことがあって。お子さんのことです」

「――親子ではない」

仁の声は低く、苛立《いらだ》ちを含んでいるように聞こえた。

「えっ、仁さんのお子さんじゃないんですか。すごく似ていますし、父ちゃんって呼んでいたので」

目をまたたかせる春陽に、仁の表情と声がますます険しくなる。

「あの子たちは姉の子だ。血の繋がった甥《おい》と姪《めい》だから似ていて当然だ。父親がいないため、あの子たちが生まれた時から一番多く接している俺が、いつの間にか『とーちゃ』と呼ばれるようになった」

そうだったのかと頷きながら、春陽は思い切って先ほど見たことを彼に打ち明ける。

「歩くんと華ちゃんのことですが、その、驚いたことに……み、耳と尻尾が……ふさふさして、自由に動いて……二人ともそれが、あるんです」

獣耳と尻尾のことを告げると、仁は呆れたような顔になり、額に手を当てた。嘘だと思ったのだろうか。

「本当です。二人に耳と尻尾があったんです……！」

仁は射抜くような眼差しを春陽に向けた。

「もちろん知っている。ここは狐神町――妖狐《ようこ》族の西の里だ」

（えっ？）

言葉の理解が追いつかず、春陽は瞠目《どうもく》したまま仁を見つめた。

「……な、何を言ってるんですか。だって仁さんも僕も、みんな人間ですよ。歩くんと華ちゃんだって……」

「人界で過ごす時のために、我々大人は人型を取って生活している。言葉では理解できないのなら、実際に見たほうが早いだろう」

そう言って一瞬目を閉じた仁の頭部に、獣耳が突然現れた。美しい顔はそのままだが、先ほどまではなかったモフモフとした獣耳が自在に動きを変えている様子に、息を呑む。

「え、その獣耳は……？　さっきまでなかったのに」

大きく口を開けて問う春陽を見つめ、彼はすっと後ろを向いた。

狐《きつね》のような長い九本の尻尾が、装束の裾《すそ》から伸びて炎のように揺らめいている。

「え、え、ど、どうして、尻尾まで」

絶句する春陽を振り返った仁が一瞥《いちべつ》し、小さく頭を振った。

「なんてことだ。お前は何も知らずに、この町で就職したいと思っているのか？」

「だ、だって……僕、は……」

仁は前髪を掻き上げ、ため息を落とした。

「いいか、よく聞いてくれ。お前も――妖狐族だ」

信じられない言葉に、春陽は凍りついたように動きを止める。

「な……っ、僕が？　そんな、まさか……！　僕は今まで、獣耳や尻尾が出たことは一度もありません。普通の人間のはず……」

「狐神町は、周囲に結界を張っている。人間は通れない」

仁の顔は真剣で、春陽は口をぱくぱくさせながら唖然となった。

「け、結界って……？　あ、もしかして」

竹林の中を歩いている時、禍々しい気配を感じて胸が騒いだ。あれは結界に対する警告だったのか。

風が強く吹き、春陽の心の中の悲鳴のように、庭園の樹木が音を立てて大きく揺れた。

「そ、そんな……ぼ、僕、何も、知らなくて」

「困ったものだ。お前の父親はなぜ説明しない？」

正午の日差しが、綾小路邸の庭園の緑を反射して眩しい。目を細めながら、春陽は父と祖父母の言葉を思い出した。

面倒くさがりの父は、「いろいろ詳しいことは、ジイさんとバアさんに聞いてくれ」と言っていた。そして、祖父母は「我々のことは正信から聞いているのだろう？」と尋ねた。

「あ、もしかしたら……。僕、そういった内容だと全然思ってなくて、てっきり嫁姑問題のことだと誤解して、聞いているって答えたんです。だから……」

「お前の父親がきちんと話すべきだった、と俺は思うが？」

仁は美麗な顔に苛立ちを浮かべている。なんだか怖いが、訊きたいことがたくさんあった。

「あの、教えてください、仁さん。僕も父も祖父母も、獣耳や尻尾はありません。本当に僕も妖狐族なんでしょうか」

仁は眉根を寄せたまま頷くと、腕を組んで視線を逸らした。どう言えばいいか考えているようだ。

「何も知らないまま、明日の狐神学園の採用試験に臨むのは無謀すぎる。妖狐族について簡単に知っておいたほうがいいだろう。だが、俺から話してもいいか？」

「お願いします。父は……たぶん話してくれないと思います」

話す機会があっても、父は何も言わなかった。ただ面倒というだけでなく、言えない理由があるのかもしれない。

仁は邸の一階にある広縁を視線で示し、座るように促した。

彼の隣に腰かけると、美しい庭園の池とその奥の木々が見えた。あたたかな日差しに包まれながら、彼はゆっくりと口を開く。

「妖狐族については、どこまで知っている？」

「ほとんど知りません。妖怪の一種なんでしょうか」

ため息を落とし、仁が口元を引き締めて説明する。

「――古くは平安時代の書物『日本霊異記《にほんりょういき》』で、人間に変化し嫁した狐の話がある。古《いにしえ》の時代より、妖狐族は人界から結界を張って生活してきた。人間は妖狐族の存在を不気味で怪しげなものと思い込み、そのため我々妖狐族は、人間に存在を知られることを何より警戒している。『如何《いか》なる理由があろうとも、人間に妖狐族のことを知られてはならない』という掟《おきて》を守りながら、人界と里を行き来して生活してきた。圧倒的に数に勝る人間を敵に回すのは危険だから――」

仁は一旦口を閉じ、池のほうを見た。池の水面が光を乱反射しながら煌めいている。

「数の上では少数派になる妖狐族は、人間から迫害を受ければ滅亡しかねない。だから百年ほど前までは、人間と結婚することは許されなかった。しかし人間と結婚する者は、どこの妖狐族の里でも最近は存在している。この瀬戸内にある妖狐族の西の里でも三人いる。そのうちのひとりが、東雲正信だ」

父の名前を聞き、春陽は弾《はじ》かれたように仁を見た。

「それじゃあ、僕の父は……、父さんは妖狐族で、母さんは人間……？　でも、僕は一度も、獣耳や尻尾がある父さんの姿を見たことなんて……」

仁は小さく頷き、澄んだ青色の双眸《そうぼう》を細める。

「妖狐族は人間にはない〝妖力〟を持ち……」

「そ、その妖力って、さっきの歩くんと華ちゃんの不思議な力ですか？」

「ああ、そうだ。妖狐族でも、妖力や身体能力には個体差が大きくある。それから、生まれつき獣耳と尻尾がある。成長していく上で、それを隠すことを習得するが、隠せるようになっても、感情が昂《たかぶ》ると獣耳や尻尾が出てしまうことがある。特に子供は要注意だ。人間に知られないため、全国に妖狐族の里を作って結界を張っている。君の父親は、家の中でも常に人型を取っていた。家族に見つからないために」

「父さんは……無理をしていたの……？」

「そういう掟だからな。お前は半分だけ妖狐族の血を引いている半妖だ。人間の血が混ざる者は妖力が低く、獣耳や尻尾というものは現れない。だが微《かす》かとはいえ妖力を持つため、結界を抜けることはできる」

「……」

言葉を選びながら説明する仁を見つめ、春陽は自分が砂漠の中にぽつんと立っているような錯覚を覚え、唇を噛んだ。

（そうか。僕は父さんとも母さんとも違う存在、〝半妖〟なんだ……）

項垂れ強く拳を握りしめた直後、パシンと大きな音が響いた。仁が春陽の背中を叩いたのだ。

「びっくりした……」

「いちいち落ち込むな。いいか、よく聞け。人間に妖狐だと知られてはならない。それを承知の上で伴侶《はんりょ》に選ぶということは、考えている以上に大変なことだ。人界で仕事をしている者も、家では獣耳や尻尾を出してくつろいでいる。君の父親は家でも気を張りつめていなければならない。そんな思いを何十年も続けているんだ。逆にいえば深く君の母親を愛している。だから君は堂々と胸を張ればいい。ほら、元気を出せ。いじけ虫を追っ払ってやるから」

パンパンと再び背中が叩かれる。

（あっ……いじけ虫を追っ払うために背中を叩くことを、仁さんが覚えてくれていた）

春陽のことは覚えてなくても、やはり仁は出会った時と変わっていない気がした。

「……それじゃあ、母さんが東雲のおばあちゃんたちから嫌われているっていう、あの話は？」

思わずつぶやくと、仁は口元を引き締めて頷いた。

「人間は結界を通れないから、距離を置くために嫌いだと言わざるを得なかったのだろう」

「そうだったんですね」

祖父母が母のことを嫌っていなかったとわかり、春陽は嬉しいような切ないような気持ちになった。

仁は春陽を励ますようにゆっくり微笑む。

「昔から半妖の子を〝禁忌の子供〟と呼び、陰口を叩く者がいるが、妖狐族全体で見ても、人間を伴侶に選ぶ者は増加傾向にある。それに、大きな事件は百年前の一度きりだ。今では好意的に応援している里人のほうがはるかに多いから、春陽も気にせず、胸を張って暮らせばいい。双子たちもすっかり懐いているし」

凜とした仁の言葉を聞いて大きく頷いた春陽は、はたと首を捻った。

「えっ、歩くんと華ちゃんは双子なんですか？」

「歩が少し早く生まれたから兄で、華が妹。仲のよい二卵性双生児だ」

なるほど、双子だから顔も声もよく似ていたのかと考えていると、背後から遠慮がちな声が聞こえてきた。

「お話し中すみません。仁様、お待たせしました。昼食のお弁当ができました」

振り返ると、広縁に六十代後半くらいの細い女性がいた。藍色《あいいろ》の小紋を着た彼女は、風《ふ》呂敷《ろしき》包みを抱えている。

「ありがとう、和代」

「いいえ……。あの、ご存知だと思いますが、あたし料理は、あまり自信がないのです。

仁様や歩様、華様のお口に合うかどうか」

仁が包みを受け取ると、女性は一礼して、歩く骸骨《がいこつ》のようなぎくしゃくした動きで、屋敷のほうへ戻っていった。

（お手伝いさんがいるのか。やっぱり綾小路家は裕福なんだ。すごいな）

ぼんやりと和代さんの後ろ姿を見ていると、仁がゆっくりと説明した。

「彼女は、屋敷の家事と子守りを担当している和代だ。庭師の夫と一緒に、離れに住んでいる。君も一緒に昼食を食べるか？」

昼食と聞いて、春陽が返事をする前に、お腹がぐぅっと音を立てた。

「す、すみません」

恥ずかしくて視線を泳がせる春陽の視界に、手に花を持った歩と華が入った。双子は獣耳をピンと立て、ふさふさとした尻尾を左右に揺らしながら元気に駆けてくる。

「とーちゃ、みて。アジサイきれいー。ボクのすきな青色だよ」

「春たんも、みてー。ピンクのアジサイ、さいてた」

二人はそれぞれ、仁と春陽に紫陽花の花を一輪ずつ差し出した。仁が目を細め、双子の頭に手を置いた。

「きれいだな。花瓶に生けて部屋に飾ろう」

「あいっ。かーちゃに、みせたいな」

「とーちゃ、かーちゃはいつ、かえるの？」

「もう少しすると戻ってくる。二人がいい子で待っていると、よろこぶだろうな」

仁の言葉に、双子は笑顔になった。

「歩、いいこにするー」

「華も、いいこにするもん」

ぴょこぴょこと動く獣耳も、ぱたぱた音を立てて地面を叩いている尻尾を見ても、春陽の胸に怖いという気持ちはなく、〝可愛いな〟という思いが込み上げている。

仁は小さな水桶《みずおけ》に双子が摘《つ》んだ花を入れ、手を洗うように声をかけた。

広い庭園に水栓柱があり、二人は蛇口を捻って小さな手をじゃぶじゃぶと上手に洗うと、広縁にちょこんと並んで座る。春陽も手を洗い、隣に座った。

仁が和代から預かった包みを解くと、黒漆の上に蒔絵《まきえ》が施された立派な重箱が出てきた。

蓋を取ると、ぐっちょりとした、なにやら得体の知れないものが詰め込まれている。

「和代が作った昼食のお弁当だ。皆でいただこう」

「えー、ばあやがつくったの？」

双子のテンションが一気に下がり、不安そうに仁を見つめている。

無理もない。重箱の中はなんだかてかてかと妙に光っていて、食べ物という感じがしない。青菜のようなものが紫色に変色して、食べたら最後という危険な匂いが漂っている。

(これは……大丈夫なのかな)

春陽は胸騒ぎを覚えたが、仁は落ち込んでいる双子の肩を優しく叩き、明るく笑っている。

「なんて顔をしているんだ。和代が一生懸命作ったお弁当だぞ」

風呂敷包みの中に小花が描かれた小皿が数枚と、割りばしではない、高級そうな木製の箸《はし》が入っていた。仁は双子と春陽にそれを手渡し、「さあ、食べよう」と重箱の中を覗いた。

「……っ?」

重箱の中を見た仁は、絶句して固まった。

「い、いただきます」

春陽はおそるおそる、じゃが芋らしきものへ箸を伸ばし、小皿に取った。焦げている上にぬるぬると光っている。

(これは、食べ物だよね)

先ほどまで感じていた空腹が消え、汗が背中を伝う。目を閉じて口に入れようとした瞬間、仁が春陽の手首を強く掴んで止めた。

「春陽、ちょっと待て。歩と華も食べるな。俺が毒味を……いや、味見をする」

低い声で命じ、青ざめながら仁が重箱に手を伸ばすと、パタパタと足音がして、和代がぜいぜいと息を切らし走ってきた。

「仁様、お待ちくださ い！　同じものを食べた夫が、腹痛で倒れました……！　どうか、食べないでくださいませ！」

仁の顔が引き攣《つ》ったが、すぐに我に返って双子と春陽に食べないようにと手を動かし、和代に声をかける。

「――茂吉《もきち》の具合は大丈夫なのか？」

「はい、食べたものを吐いたら、なんとか腹の痛みが治まりました。どうか、これは食べないでください。申し訳ありません。本当に……」

和代は目に涙を浮かべながら、膝につきそうなほど深く頭を下げると、重箱を抱えて屋敷へ戻っていった。

「じいや、おなかいたいの？」

「だいじょうぶかな」

心配そうにしている双子の獣耳がしょんぼりと下を向いている。

「あとで茂吉の様子を見てくる。心配するな」

そう言って仁は大きく息を吐き出した。春陽も全身から力が抜けていく。

小声で仁がつぶやいた。

「危なかった。もう少しでお前たちに危険なものを食べさせるところだった。料理が苦手だという言葉を、謙遜《けんそん》もあるからと甘く見てはいけない。和代はずっと以前、指が落ちるくらい深く包丁で手を切って以来、本当に調理は苦手だったのだな」

こくりと春陽は唾《つば》を呑み込んだ。

「あの、いつもはどなたが食事を作られているのですか？」

「料理担当の佐和子《さわこ》という使用人がいるが、腰痛があり、一週間ほど前から入院している。他に料理ができるのは澪《みお》姉だが、用があって留守にしている。俺と父と兄は料理をしばらくやっていない。この二日間、食パンばかり食べていたが、栄養が偏ると思って、俺が目玉焼きを作った。だが焦げて炭のようになってしまって……見かねた和代が、無理をして作ってくれたのだが……」

優しい気持ちから作ったものだったのだ。

春陽は仁や愛らしい双子のために、何か自分が協力できないか考えた。仁は忘れてしまっているが、子供の頃、彼に助けてもらい、祖父母の家まで送ってもらったことがある。今こそ恩返しをしたい。

「あの……もしよかったら僕が何か作りましょうか」

仁は美麗な顔に驚きを浮かべ、春陽を見た。

「春陽、料理をしたことがあるのか？」

「はい。母が小さなカフェを営んでいるので、手伝いをしたり、家の家事をしたりしてきました」

　カフェで出すメニューは全部母に教えてもらった。料理することが楽しくて好きだと説明すると、歩と華がぱぁっと顔を輝かせた。

「春たんのりょうり、たべたいー」

「作ってくれると助かるが……春陽は明日、学校事務の採用面接だろう？　忙しいんじゃないか？」

　長いまつ毛に縁どられた青色の双眸を向け、遠慮がちに問う仁に、春陽は元気よく首を横に振った。

「特にすることはなくて、あとは運を天に任せるだけです。好きな料理をしているほうが、気が紛れていいと思います。歩くん、華ちゃん、何が食べたい？」

　目線を合わせて問うと、双子は血色のよい頬を一層赤くした。

「えっと、はんばーぐ、それからプリン！」

「春たん、あたし、おにぎりたべたい。おにぎり、いっぱいー」

　二人の話を聞いて、春陽は大きく頷いた。

「わかった。急いで作る。ごはんを食べ終わったら、おやつも食べようね」

　わあいと声を上げる双子を優しく見つめ、仁が頬を緩めた。

「俺は料理が苦手だから助かる。厨房《ちゅうぼう》は危ないから、歩と華は呼ぶまで子供部屋で待っていてくれ」

双子は「あいっ」と元気よく返事をした。

「春陽、厨房へ案内する」

着物の裾を翻し促す仁の後について、春陽は広い玄関で靴を脱ぎ、スリッパに履き替えて綾小路邸に入った。

寝殿造りを模した左右対称の豪華な屋敷の中は、様々な調度品がいたるところに置かれている。珍しい獣の剝製《はくせい》や大時計、色鮮やかな織物など、いずれも相当値打ちがありそうで、綾小路家の資産の大きさが伝わってきた。

すごいと思いながら歩いていると、仁が足を止めた。

「ここが厨房だ。中で待っていてくれ」

一階奥にある厨房に入ると、春陽はほっとした。

歴史を感じさせる屋敷なので、竈《かまど》に薪《まき》をくべて火を熾《おこ》し、井戸の水を汲《く》んでくるのではと不安だったが、水道もガスもちゃんと通っていて、オーブンレンジなどの調理器具も揃《そろ》っている。

厨房を見回していると、仁が戻ってきた。

「茂吉の様子を見てきたが、軽い腹痛だけで無事なようだ。冷蔵庫や冷凍庫の中のものや、こちらの棚の食材はどれも自由に使ってくれていいので、昼食を七人分、作ってくれるか？　あとで謝礼をさせてもらう」

春陽は小さく首を左右に振り、「食材や調味料を使わせてもらえるのなら、謝礼は別にいりません」と答えた。

「そうか……？」

仁は真っ直《す》ぐに春陽を見つめ、澄んだアイスブルーの双眸を細める。ほんの数秒の沈黙が長く感じられ、春陽はコホンと空咳《からせき》をした。

「あの……七人分というのはどなたのことか、詳細を教えてください。メニューを考えますので」

「俺と兄、歩と華、それから茂吉と和代。茂吉はまだ横になっているが、腹痛は治まっているから、じきに空腹を感じるだろう。和代はまだ昼を摂ってないようだから食べさせたい。それから春陽の分だ。お前も一緒に食べてくれると、双子が喜ぶ」

「大人五人分に、子供二人ですね。わかりました」

「大変だろう。俺も手伝う」

「ありがとうございます。お気持ちだけで十分です」

仁は料理が苦手だと言った。目玉焼きを炭にするのはすごいと思う。それに仁は高級そうな和服を着ているので汚れては困るだろうし、ひとりで作ったほうがいいような気がしたのだ。しかし、仁は真摯《しんし》な口調で手伝うと繰り返した。

「指でも切って、明日の採用試験に影響があっては困る。下ごしらえでもなんでもやるから言ってくれ」

「わかりました。それでは仁さんは……おにぎりを作ってもらいますね」

「おにぎりだな」

仁は白布を口に咥《くわ》え、凛々《りり》しい仕草で手早く襷《たすき》がけにした。

なぜか鼓動が早鐘を打ちつけるのを感じながら、春陽は口を開く。

「仁さん、あの……炊飯器に入れる前に、お米を洗ってくださいね」

「米は石鹸《せっけん》で洗えばいいのか？」

「ち、違います！　駄目ですよ、石鹸なんて！」

あわてると、仁の唇がゆっくりと曲線を描き、意地悪そうな笑みが浮かんだ。

「冗談だ。大学生の時は人界でひとり暮らしをしていた。目玉焼きは久しぶりだから火加減を間違えたが、米を石鹸で洗うようなバカなことはしない」

トンと頭上に熱が落ち、子供をあやすように仁の手が春陽の髪を優しく撫でた。

彼の手から伝わる熱が、靴擦れに似た痛みとともにじわじわと全身に広がっていく。

「そ、それでは、ご飯をお願いしますね。僕はハンバーグを作ります」

「ああ、肉は冷凍庫の中だ。野菜は奥の棚にあると思う」

「はい、ありがとうございます」

仁が教えてくれた通り、小分けしてパックされた肉類が、冷凍庫の中に日付順に並んでいた。挽肉《ひきにく》を選び、常備野菜が揃っている棚から玉葱《たまねぎ》を取り出した。

ぎっくり腰で入院した料理担当の佐和子という人が、しっかり食材を管理していたようで、春陽は安心して調理を始める。

トントンとリズミカルな音を立てて玉葱を微塵《みじん》切りにし、熱々のフライパンの上にバターを溶かして炒《いた》める。粗熱を取って挽肉と塩を加えて、手を氷水で冷やしながらしっかり混ぜ合わせていると、仁が不思議そうに尋ねてきた。

「春陽、なぜ手を冷やす？　それに玉葱と塩だけでいいのか？」

「温度が少しでも高くなると肉の脂が染み出してしまうんです」

それに塩を入れてからよく練ると、肉に含まれるミオシンというたんぱく質が互いにくっついて粘りがでるので、割れにくくなる。そのあとでパン粉と牛乳と他の調味料を加えてタネの空気抜きをし、表面をなめらかにすると、肉汁をしっかり閉じ込めることができるのだ。

「白米の準備はできた。俺もハンバーグを手伝う」

「ありがとうございます、仁さん」

七人分の量を、仁は手早く成形していく。彼の長くて筋ばった大きな男らしい手の動きから、なぜか目が離せなくなった。

「春陽、何をぼうっとしている？」

「す、すみません」

春陽は彼から目を逸らせた。フライパンで、出来上がったタネの表面に焼き色をつける。ジュウジュウと小気味のよい音が弾け、美味しそうな焦げ目がつくと、香ばしい匂いが厨房に満ちた。

弱火にして蓋をしめ、肉汁を中にしっかり閉じ込めながら蒸し焼きにすることで、中までじっくりと火を通し、ふっくら仕上げる。

ふと視線を感じ、厨房の入口のほうをそっと見ると、ぴょこっと小さな頭がふたつ、こちらを覗いていた。ハンバーグが焼き上がる匂いを辿ってきたのだろう。

「おいしそうだね、はな。はやくたべたいな」

「うん、たのしみだね、あゆむ」

扉の陰に隠れているつもりの二人の可愛い声に、仁がくすくすと笑っている。

春陽と仁は気づかない振りで、調理を続ける。茄子と人参を切って味噌汁を作った後、プリンに取りかかった。

「仁さん、カラメル作りをお願いします。小鍋にグラニュー糖と水を入れて、カラメル色になるまで焦がしてください」

「わかった」

真剣な仁の横顔を見つめ、彼なら大丈夫だと思い、春陽はプリン液に取りかかった。卵と砂糖と温めた牛乳を混ぜ合わせる。ここで泡立ちが多いと、「す」が入る原因になるので、静かに混ぜた。

視線を感じて顔を上げると、仁と目が合った。作っている姿をじっと見られていたようだ。

「春陽は手際がいいな」

つぶやいた仁は、小鍋のカラメルを差し出した。

「このくらいの色でいいか？」

「はい、大丈夫です。それでは器に均等に入れてください」

カラメルを入れた上に、目の細かい濾《こ》し器で濾したなめらかなプリン液を注ぐ。オーブンでじっくり蒸していると甘い香りが漂い、双子が我慢できずにおずおずと厨房の中へ入ってきた。

「いいにおいがしてる。プリンのにおい」

「春たん、とーちゃ、おなかすいた」

よく見ると、歩と華の目は仁と同じ青色だ。白色の着物を着た双子は、くりくりとしたつぶらな瞳で春陽と仁を交互に見つめ、ぱたんぱたんと尻尾を床に打ちつけた。待ちきれないのだろう。

「もう少しでご飯が炊けるからね」

春陽がそう言った直後、炊飯器の炊き上がりを知らせる電子音が鳴った。お皿にご飯を移すと、白米の甘い香りが鼻腔《びこう》をくすぐる。

シンプルな塩おむすびを大人サイズと子供用の小さくてころりとした形の二種類作り、次はご飯におかかと醤油を混ぜ込んでから握り、味噌とみりんを混ぜて塗り、フライパンで熱していく。両面にお焦げができ、味噌とおかかの香ばしい匂いが広がった。

湯気を立てるおにぎりを見つめ、双子がごくんと喉を鳴らした。

「ふわぁ……」

「しゅごい。いいにおい」

七人分の皿に、塩おむすびと焼きおにぎり、そしてハンバーグをそれぞれ載せて、茄子と人参の味噌汁をつけて完成だ。

仁が和代を呼んだ。

「春陽が昼食を作ってくれた。兄の部屋へ運んでくれ。それから和代と茂吉の分もあるので食べるように」

「畏《かしこ》まりました。創《そう》様へお届けいたします。あたしたち夫婦の分まで……ありがとうございます、仁様」

仁へ深々と頭を下げた和代は、改めて春陽を見つめ、感謝の気持ちを込めて両手を合わ

せると、もう一度お辞儀をした。

「ありがとうございます、春陽さん」

「いいえ、仁さんも手伝ってくれたので……」

「ほとんど春陽が作った。驚くほど上手だった。不審者にしてはおどおどした、何を考えているのかわからない男だと思っていたが、少し見直した」

褒められているのか、けなされているのかわからないが、顔が熱くなってしまった春陽に歩と華がしがみついてきた。こっち、こっちと言いながら、奥の和室へと連れていかれる。

「ここで、たべるの」

「春たんもいっしょ」

高級そうな座卓が鎮座した広い和室は、大きな窓から綾小路邸の広大な中庭が見え、美しく咲く花々や高い樹木に癒《いや》される。

仁と春陽と双子の四人で座り、ハンバーグを食べやすく切ってやる。ナイフを入れた途端にあふれ出る肉汁に、仁が「ほう」と感嘆の声を上げ、双子も歓声を上げた。

「たべる！　あゆむ、たべる！」

「はなも！」

ケチャップとウスターソースで作ったソースをハンバーグの上にトロリとかけ、それぞれの前に置いて春陽が声をかけた。

「熱いから気をつけてね」

「あいっ」

いただきます、と皆で手を合わせた。フォークを上手に使って、歩がふぅふぅと息を吹きかけ、熱々のハンバーグにかぶりつく。華も小さな口であむあむと咀嚼《そしゃく》し、肉汁がたっぷり詰まったジューシーなハンバーグを味わっている。

「春たんのはんばーぐ、おいしい！」

双子の獣耳がぷるぷると小刻みに震え出し、嬉しくて顔が真っ赤だ。

そんな様子に目を細めている仁から、親のような無償の深い愛情を二人に注いでいることが伝わってきた。

「とーちゃも、たべて」

「ああ、食べているよ」

仁は静かに微笑み、おむすびを咀嚼した。

彼の口に合うだろうかと思って見つめていると、目が合ってしまった。

「なるほど。塩むすびは、あっさりシンプルで体に優しい味だ。何個でも入りそうだな。焼きおむすびは味噌が舌の上でとろけ、香ばしさが際立っている。美味しい」

（よかった。美味しいと言ってもらえた）

安堵しながら、春陽は仁を労《ねぎら》う。

「おにぎりは、仁さんが炊いたご飯のおかげです」

「俺じゃなく、炊飯器が炊いたんだが……」

そんな話をしていると、歩がぽつりつぶやいた。

「かーちゃに、たべてほしいな」

「うん、かーちゃ、まだかなあ」

華の頭の獣耳がしゅんと下を向いた。

「かーちゃに、あいたい」

双子の声が揃った。春陽は、なんと声をかければいいか戸惑う。

(歩くんと華ちゃんのお母さんは、旅行へ出かけているのかな。それとも入院されているとか?)

そっと仁を見ると、彼は眉根を寄せている。黙っていると、春陽のスマートフォンからメール受信のメロディが聞こえてきた。

「春たんの、すまほう?」

「うん、おじいちゃんからメールだ」

双子が母親のことから気を逸らしたので、ほっとしながら、メールを確認する。

——雨が降ってきたから、気をつけて帰っておいで。

短い文章から、気遣ってくれる祖父母の優しさが伝わってきた。

「どうした？」

「雨が降ってきたと、祖父が。自転車なので、降りがひどくならないうちにお暇《いとま》します」

「春たん、帰っちゃうの？」

双子がしょんぼりとした表情で春陽を見た。

「冷蔵庫にプリンを冷やしているから、おやつの時間に食べてね」

プリンと聞いて、二人は飛び上がって喜んだ。

「わぁ、プリン、たのしみ！」

「春たん、またあそびにきてね」

できない約束をすると二人を傷つけてしまいそうだったので、春陽は返事をする代わりに笑顔で立ち上がった。

「歩くん、華ちゃん、仁さん、ありがとうございます。すごく楽しかったです」

「春たんっ」

抱きついてきた双子を春陽は思わず強い所作で抱き返した。

尻尾まで哀しそうに丸まっている二人に、さらに強い愛《いと》しさが胸の奥から込み上げ、思わず言ってしまった。

「また、遊びにくるからね……！」

双子の弾けるような笑顔に、今さら訂正などできるわけもなく、心の中で困惑する。

「春陽」

仁が静かに窓の外を指さした。いつの間にか灰色一色に塗り替わった空から大粒の雨がざあざあと降っている。

「かなり降っている。自転車だと言っていたが、転んで怪我をしては大変だ。明日は採用試験だろう？　俺が東雲の家まで車で送っていく。自転車は屋敷に置いておけばいい」

窓の向こうは雨粒が当たって流れ、庭園の緑が輪郭を滲ませている。

ありがたい申し出に甘えさせてもらうことにして、春陽はぺこりと頭を下げた。

「ご迷惑をおかけします」

「何を言っている。美味しい昼食をありがとう。採用試験に落ちたら、うちのコックとして来てもらおうかと思ったほどだ」

冗談のように言いながら、仁の澄んだ双眸は真剣で、春陽も真面目《まじめ》に答える。

「とてもありがたいです。でも僕は学校事務の仕事がしたいので……」

仁は目元を緩め、頷いた。

「そうか。明日、頑張れよ」

傘を借りて外へ出ると、曇天から落ちてくる雨粒が地面に跳ね返り、すでに水溜《みずた》まりもできている。広大な敷地内にコンクリート作りの駐車場があり、中に高級車がずらりと並んでいて驚いた。車に詳しくない春陽でも、それぞれ数千万円以上することは知っている。改めて綾小路家は財力があるのだと感じ、場違いな自分がなぜここにいるのか不思議になった。

「すごい車ですね」

唖然となっている春陽に、仁が静かに口を開いた。

「車の運転が好きなんだ。勤務先が近くて、なかなかドライブできないから、春陽を送っていけるのは嬉しいよ」

彼は車の運転が好きだと言ったが、それは春陽が気を遣わないようにと配慮する気持ちもあるのだろう。

春陽は免許を大学一年の時に取ったが、都内でバスや地下鉄を利用していたので、五年間ほとんど運転をしていない。

「僕は、車の運転はあまり得意じゃないんです」

「採用になったら、どうやって通勤するつもりだ？　東雲の家がある三丁目付近を通るバスはなかったと思うが。ああ、それで自転車で……まあいい、乗ってくれ」

重い扉を開けて助手席に乗り込むと、革張りのシートの座り心地の良さに、落ち着かない気持ちになった。左隣でハンドルを握る仁のほうをちらりと見ると、彼の端整な横顔にますます緊張してしまう。

エンジンがかかり、屋敷を出た車が坂を下り住宅地を抜ける。車内はピアノ独奏の美しい音楽が流れ、車のフロントガラスに当たる雨の雫《しずく》がワイパーで飛ばされるのを見て、頭の中が痺《しび》れたようになった。

「春陽」

「は、はい。じ、仁ひゃ……いえ、仁さん……すみません、噛んでしまいました」

話しかけられて変な返事を返した春陽に、仁は吐息で笑い、ふと真剣な表情になった。

「半妖の子供が、なぜ『禁忌の子』と呼ばれるか、話しておく」

「……」

カーオーディオから流れるピアノの旋律のボリュームを下げ、仁がゆっくり口を開いた。

「百年ほど前——大正時代に半妖の子供が人間の母親に妖狐族の存在を話し、里が壊滅したことがある」

「えっ？　半妖の子が……？　里が、壊滅……？」

仁は頷き、ハンドルを握って運転を続けながら、静かな口調で話し続ける。

「……妖狐族の南の里で、人間の女性と恋愛し、結婚した男がいた。配偶者であろうと、決して人間に妖狐族のことを他言してはならないという決まりを守って人界で暮らしていたが、二人の間に生まれた半妖の子供にだけ、妖狐族のことを話した。秘密にしろと言い聞かせたが、その男が亡くなると、半妖の子は人間の母親に妖狐族の秘密を話してしまった。驚いた母親が警察へ連絡し、調査のためだと半妖の子を騙《だま》して結界を緩めさせ、大勢の人間が里に入り込んできた。そして、南の里にいる獣耳と尻尾を持った妖狐族の里人を見て驚愕《きょうがく》し、怪我人や死人は出なかったものの、大騒動になった。そのことが原因で里人たちは、北、西、東の里へ散り散りに逃げ出し、南の里は消滅した。我々妖狐族は人間に比べ、数の上では圧倒的に少なく不利だ。南の里であったことは、今でも恐ろしい記憶として語り継がれている」

平和な里に、いきなり大勢の人間が襲ってくる――それに手を貸してしまったのが半妖の子供だった。

「南の里は壊滅的な被害を受け、そこに住んでいた妖狐族の人々は故郷を失った。この西の里にも、南の里から来た人々の子孫がいる。彼らは人間に情報を漏らした半妖の子供を〝禁忌の子供〟と呼び、いまだに恨んでいる」

「そんな、ことが……」

その半妖の子供はきっと、妖狐族全体に累が及ぶと思わず、自分の母親だから言っても大丈夫だと判断し、調査という言葉を信じたのだろう。

父の正信は、人間の明子を里に近づけないため、祖父母から嫌われていると思い込ませ、必死に里を守ろうとしてきたのだ。傷ついた明子を見て、どれほど辛かっただろう。人間と妖狐族の結婚は、春陽が考えている以上に難しい。

「春陽、何も落ち込むことはない。百年前の事件とお前は関係ない。禁忌の子供と言われても気にしなくていいんだ」

励まそうとしてくれる仁の優しさが嬉しい。

(仁さん、ありがとう……)

うつむいて心の中でお礼を言っていると、車は東雲の家の前に着いた。

「明日の採用試験、頑張れ……！」

「はい。本当にありがとうございました」

車を降りて深く頭を下げると、仁は短くクラクションを鳴らして応《こた》えた。高級車が走り去ったあと、春陽は小さくため息をつく。

「……そうか。禁忌の子……そんなことが……」

口の中でつぶやいて、春陽は東雲の家の近くにある大きな木の下へ駆けた。雨宿りをしながら、ポケットからスマートフォンを取り出しタップすると、呼び出し音が数回鳴ったあと繋がった。

仕事中はデザインに集中するため、電話を無視することが多い父にしては、珍しく早い。きっと、春陽からの電話を待っていたのだろう。

「父さん、僕だよ。無事に着いたから――」

『よかった。狐神町は自然豊かな里だろう？　結界を抜けた隣町は、渓谷や自然の石碑があって、パワースポットとしても人気がある。それに妖狐の伝承が伝わる町としても知られているんだ。それから……』

「父さん」

春陽はぺらぺらと話す父を止めた。

「そんなことより、どうして何も教えてくれなかったの。妖狐族のこと。この狐神町に来る前に説明してくれないと困るよ」

『……ごめん。なかなか言いづらくて。ジイさんやバアさんから聞いたほうがいいと思ったんだ。明子には……母さんには絶対に内緒だぞ』

「うん、わかっているよ。父さんは今まで必死に、母さんに秘密にしてきたんだね……」

苦労しても、母と結婚する人生を選んだ父。春陽はそんな深い愛情で結びついた両親から生まれたことを、誇らしいと思った。

「僕は胸を張って、狐神学園の採用試験を受けてくるからね」

『頑張ってくれ。結果がわかったら一番に明子に電話してやれ。ものすごく心配しているから』

「うん……！」

まだ雨は降り続いている。春陽は通話を終えると、玄関まで走った。

「ただいま」

「お帰り、春陽ちゃん。雨がひどく降っているわね。大丈夫だった？」

家に入ると、祖父母が心配そうに待っていた。二人の頭に獣耳が、臀部《でんぶ》には尻尾がある。

「おばあちゃんたちのそういう姿、初めて見た」

「まあ……！　春陽が雨に濡れて風邪《かぜ》でもひいたらと心配で、つい」

あわてて居住まいを正し、獣耳と尻尾を消した祖父母が苦笑している。

祖父母は普段隠している獣耳と尻尾を出すほど、春陽のことが心配だったのだ。

「おじいちゃん、おばあちゃん、これから僕の前で、獣耳や尻尾を隠さなくていいからね」

祖父母に無理をしてほしくない。今まで通りくつろいでほしいと思う。

春陽の気持ちが伝わったのだろう。祖父母は顔を見合わせると、ゆっくりと隠した獣耳と尻尾を出した。居間へ行き、三人でお茶を飲みながらくつろぐ。

「そうだ。おじいちゃんの自転車を綾小路邸で預かってもらっているの。学校と間違えて綾小路家へ入ってしまって」

春陽は、学校と綾小路邸を間違えたこと、仁と双子と出会って、一緒に昼食を食べてきたことを順序立てて話した。

「まあまあ、いくら大きくても、綾小路家のお邸と学校を間違えるなんて、春陽は意外とそそっかしいのね」

「仁様や歩様、華様と一緒に昼食を……。そうか。よくしてくださって、本当にありがたいのぅ」

祖父と祖母は、春陽が綾小路家で過ごした話を微笑ましげに笑って聞いていたが、ふと首を捻った。

「綾小路家の裏口から勝手に入れたというのは妙だのぅ。資産家だけあって、常に屋敷にも特別な結界を張っているはずなんだが。妖力も抜群に大きい綾小路家の結界は、内側から緩めないと里人は入ることはできないはずなんだがのぅ。歩様と華様もお小さいし」

双子が誘拐などの犯罪に巻き込まれないよう、常に妖力で強い結界を張っているという。

「仁さんもおかしいって言っていたよ。どうしたのかな」

祖母がお茶菓子にカステラを持ってきて、小皿に切り分けながらつぶやく。

「綾小路家は長男の創様、次男の響《ひびき》様、長女の澪様、三男の仁様と四人のお子様がいらっしゃるのよ。歩様と華様は、澪様のお子様なのだけど、未婚のままご出産されたらしくてね、噂《うわさ》では双子ちゃんの父親は、妖狐族の既婚男性らしいわ」

「え、それ、本当？」

「本当のところはわからないけれど、澪様は妊娠したことさえ、お相手の男性に知らせていなかったらしいのよ。どうなることかと思ったけれど、綾小路家の当主の旭《あさひ》様は、初孫のお二人をそれは可愛がっていらっしゃるし、お元気に成長されているから、里のみんなもほっとしているのよ」

二人のぷくぷくとした可愛い顔や元気な姿、あむあむと美味しそうに食べる笑顔、そして仁を『とーちゃ』と呼ぶ無邪気な声を思い出し、春陽は目を細めた。

祖父が「妖狐族と人界の関《かか》わりは深いんじゃよ」と説明してくれる。

「結界を張った妖狐族の里は全国に数か所あるが、それほど大きくはないからのぅ。多くの人が人界に紛れて暮らしている。経済的な成功者が多く、特に綾小路家はこの里の中だけじゃなく、全国に私立大学や専門学校を数多く経営している資産家だ。所有する土地も数知れない。春陽が受ける狐神学園の理事長も旭様だからのぅ」

「それじゃあ仁さんは、お父さんが理事長をしている狐神学園に勤めているの？」

「ああ、そうじゃ。しかし仁様は、理事長の息子だからと横柄な態度を取ったりせず、学校の生徒たちや同僚の先生がたからも信頼され、頼られているからのぅ。授業がわかりやすいだけじゃなく、生徒の様子をよく見て、勉強が遅れている生徒のために休日返上で教えたり、生徒の家庭環境に何かあれば家まで行ったり、いろいろ相談に乗っているそうじゃ。綾小路家の人は皆美しいが、特別に美しかった旭様によく似て、仁様も空恐ろしい美麗な顔立ちをなさっているからのぅ。儂《わし》ら里人は皆、綾小路家の方々を尊敬しているんだよ」

祖母も目尻に皺を寄せ、そうね、と笑顔で祖父の言葉に続ける。

「次男の響様はこの町を出て、東京で写真家として活躍されているのよ。長男の創様は、フルートを演奏したり、狐神学園で音楽教師をしたりしている。澪様は綾小路邸でピアノを教えていたけれど、双子ちゃんが生まれてからはお休みしているようね。ご病気でお亡くなりになった現当主の奥様、美由紀《みゆき》様はピアニストだったから、やはり似ていらっしゃるわ。みなさん妖力が強いだけじゃなく、素晴らしい才能をお持ちなの。その上優しくて身近に感じさせてくれるのが、妖狐族の西の里の当主、綾小路家の方々なのよ」

手放しで褒める祖父母の話を聞きながら、この里人たちは、綾小路家が好きなんだという気持ちが伝わってきて、春陽は気持ちのよいお湯のようなものに浸されているような気持ちになっていく。

「僕も、綾小路家の人たちを身近に感じたよ」

双子はとても愛らしかった。再会した仁は、十四年前の優しい美少年から美青年に成長し、春陽のことは覚えていなかったが、困っている相手を助け、家まで送ってくれる優しさも変わっていなかった。

(できれば……この里で暮らしたい)

そんなことを願っていると、祖父が皺のある手を春陽の頭にのせた。

「春陽、明日は採用試験だからのぅ。正信の部屋でゆっくり疲れを取っておくれ」

「うん、おじいちゃん、おばあちゃん、ありがとう」

かつて父の正信が使っていた六畳の和室で、春陽はくつろいだ。

いろいろなことがあった。よく考えてみると、この家に泊まるのは初めてのことだ。

ばらばらと雨粒が当たる音が聞こえ、窓の外を見るとまだ雨が降り続いている。

獣耳と尻尾を出したままくつろぐ祖父母の顔が浮かび、次に小さな体で元気に走る歩と華の愛らしい姿と、空恐ろしいほどの美貌を持つ仁の顔が胸に去来する。春陽はゆっくりと目を閉じた。

＊＊＊＊

翌朝は雨が上がって青空が広がった。

早目に起きた春陽は、朝食の準備をする。食卓に白米と豆腐とわかめの味噌汁、茄子の煮浸し、ピーマンのじゃこ和えを並べていると、祖父母が起きてきた。

「まあ、美味しそう。春陽ちゃん、そんな気を遣わなくていいのよ」

「そうだぞ、春陽。今日は試験の日だからのぅ。狐神学園までどうやって行くつもりだい？」

晴れたが、自転車を綾小路家に置いている。春陽は少し考えた。

「僕、早く出て歩いていこうと思います」

「ここから学校まで歩くと、急いでも一時間はかかるのぅ」

「そ、そんなに？」

春陽はあわてた。面接を受ける前に疲れてしまいそうだ。

「遠回りになるけど、バスが通っている二丁目まで歩いて、そこからバスに乗ったほうがいいかもしれんのぅ」

「わかった。バスで行くね」

祖父母と朝食をゆっくり摂ったあと、春陽は自宅から用意してきたリクルートスーツに着替えた。祖父母に見送られ、早目に家を出る。

（ようし、頑張るぞ……！）

いよいよ採用試験を受けに行く。春陽は手をかざして青空を見上げると、祖父母から教えてもらった道を通って二丁目まで歩き、バス停で待った。

そこから学校行きのバスに乗り、しばらくすると、この町を見下ろすように綾小路邸が見えてくる。坂道を上ったところに、バス停『綾小路邸前』があり、そこでバスを降りた。

（仁さんの家の前にバス停があるなんて。しかも『綾小路邸前』ってすごいな……）

綾小路邸から下ったところに、春陽が通った人界の学校と同じ三階建ての校舎が二棟並んで建ち、渡り廊下で繋がった体育館が見えてきた。奥に広いグラウンドとたくさんの遊具もある。

（ここが狐神学園……！）

ちょうどチャイムの音が響き、授業が終わったようで、静かだった校内から、わっと生徒たちの賑《にぎ》やかな声が聞こえてきた。

正門から入り、獣耳と尻尾を出した大勢の生徒たちの邪魔にならないように、端を歩きながら校舎へ近づいていくと、用務員の男性が気づいて、「事務職員の採用面接の方ですね」と声をかけてくれた。

「こちらへどうぞ」

春陽が案内されたのは、中等部の校舎の二階にある応接室で、黒革のソファへ座るよう促された。

用務員の男性が退出し、ひとりになった春陽は、ソファの横に立ったまま待った。

（ここで、他の人も一緒に、採用面接をするのかな）

緊張して鼓動が速まり奥歯を噛みしめていると、扉が開いた。銀縁の眼鏡《めがね》をかけた五十歳前後の男性が一礼して入ってくる。

「お待たせしました。狐神学園の教頭の牧原《まきはら》です」

「し、東雲春陽です。よろしくお願いします」

緊張して声が震えてしまう。教頭はソファを手で示した。

「どうぞ、お座りください。……それでは採用面接を始めさせていただきます。そんなに固くならず、リラックスしてください。お受けになるのは、おひとりだけですので」

（え、採用面接は僕ひとり？）

　仁は五人いると言っていたが違っていたようで、春陽は驚きながらも、合格できる可能性が大きくなったことで気持ちが落ち着いた。

「東雲春陽さんが、学校事務の仕事を選んだ理由をお聞かせ願えますか」

（妖狐族の学園といえ、面接の内容は人界と同じだ。よかった……）

　春陽は膝の上の手を握りしめ、小学生の時に家の鍵《かぎ》を校内で落としたことがあり、学校の事務職員に相談したところ、一緒に探してくれ、嬉しかったことを正直に話した。

「なるほど。そうした経験から、今度はご自分が学校事務の立場で、学校現場に関わっていこうと思ったのですか。わかりました。それにしても、話す時の表情や声まで、正信氏によく似ていますね」

　教頭の口から突然出てきた父の名に、春陽は目を丸くした。

「父をご存知なんですか？」

「正信から何も聞いてないのですね。幼馴染《おさななじみ》で、小学生の時からずっと仲がよかったんですよ。正信も東雲の家に帰省しているんですか？」

「今回は僕ひとりで狐神町へ来ました。父は仕事もあるので、関東の家におります」

「……そうですか。やはり正信は戻ってこなかったんですね。だから人間と結婚すると聞いた時、わたしは猛反対したんですよ」

教頭の眼鏡の奥の瞳が細くなった。春陽は嫌な胸騒ぎを覚え、膝の上の拳を強く握りしめる。

「我々妖狐族は、人間に比べて個々の能力が高いんです。妖力については詳しく知っていますか？」

春陽が返事に困っていると、教頭は大きなため息を落とした。

「運動能力が優れている者、語学力に強く七か国語を操る者、芸術系の才能を持つ者など、それぞれプロとして活躍している者の多くは妖狐族です。綾小路家のように大きな妖力を持つ一族は、人界と太いパイプがあり、高い経済力を何代にもわたって保ち続けながら、妖狐族の長として里人から深い信頼を得ている。この学校もかつての綾小路家の当主が設立し、理事長として見守り続けているんです」

教頭は眉間《みけん》に縦皺を刻んだまま、話し続ける。

「正信は高い運動能力を持っていた。人界の大学へスポーツ推薦で進学し、これからという時に、あの女と出会ってしまった。君の母親です」

母をあの女と呼ばれ、ガツンと心臓を殴られたような痛みを感じ、春陽は唇を噛みしめた。

「人間の妻と禁忌の子供を抱え、人界で生きていくなんて、正信は本当に愚かな道を選んだものです。禁忌の子供という意味はわかりますか？　忌まわしい南の里の事件の説明をするまでもなく、人間を伴侶にすることは禁忌とされ、人間との間に生まれた子は禁忌の子供と呼ばれてきたのです。春陽くん、君のことです」

仁から、半妖の子のせいで、南の里が壊滅的な被害を受けたことを聞いていて助かった。知らなければなんのことだかさっぱり理解できず、教頭をさらに怒らせていただろう。

「……禁忌の子供という言葉は存じています」

春陽のつぶやきに、教頭は眉を下げる。

「この学園で事務職員を募集していることを東雲さんに伝えたのは、わたしです。わたしは正信に里へ戻ってきてもらいたかった。いい加減、人間の女と別れて……。親友の正信が不幸でい続けるのは辛いのです」

春陽の胸の奥で、熱い炎がゆらりと揺らめくのを感じた。

「お待ちください。父は秘密を守って、母に何も話していません。それは僕が保証します。仕事はデザイン事務所をやっていて、注文もたくさんきています。母ともすごく仲がいい。僕にはわかります。父は幸せです。母がそばにいるから……」

「君……」

何か言いたそうに眉根を寄せた教頭が、じっと春陽を見つめた。

「そうですか。正信は幸せだと……。彼はわたしにとって親友でした。小学生の時にいじめに遭った時、正信がわたしを励まし助けてくれた。誰より強い絆《きずな》で結ばれた自慢の友だったのに、結婚してからは連絡ひとつ寄越してくれず、ずっと寂しいと思っていて……しかし、春陽くんのような息子さんがいる彼は、本当に幸せなんでしょう。よかった……本当に」

「教頭先生……」

真摯な態度の教頭に、春陽は目をまたたかせた。

教頭は、身を乗り出すようにして真っ直ぐに春陽を見つめ、はっきりした口調になる。

「事務職員が急に退職することになり、しかも悪阻が重くて、引き継ぎの時間がないのです。即戦力になり得る春陽くんの履歴書を見て期待していました。わたしは春陽くんにぜひお願いしたいと思っています――採用ということでよろしいでしょうか？」

懸命な形相を見て、この人が学校のことを大切に思っていること、同じくらい父のことを考えてくれていることを、春陽は理解した。

ここは妖狐族の里だ。半妖と言われたり、母のことをあの女と言われたりすることもあるだろう。だからこんなところは嫌だと出ていくのは違う。これからもいろいろあるかもしれないが、僕はこの町で頑張りたい。

「……あ、ありがとうございます！　どうぞよろしくお願いします」

春陽が力強くそう言うと、教頭は目元を緩め、安堵した表情でつぶやいた。

「わたしの妻は、南の里の出身なんです。禁忌の子供が、人間の母親に妖狐族のことを相談したせいで、人間が集団になって里へ押し寄せたという忌々しい事件があった里です。妻の両親はこの西の里へ逃れてきましたが、今でも人間との婚姻について反対派です。でも昔と違い、今は半妖の存在も認められてきている。学内の教職員も、君を特別に扱ったりしないように話すつもりです……」

春陽は黙って頷いた。

「教頭先生は、父のことを今でも大切に思ってくれていて、ありがたいと思いました」

「春陽くん……君は芯《しん》が強いところも、表情も、正信によく似ていますね。今度、わたしから連絡を取ってみます。それでは校内を案内します」

教頭について、中等部の校舎を見て回った。リノベーションされた校内は明るくきれいで、一年から三年まで各学年三クラス、初等部は各学年二クラスと思っていたより小規模だ。

事務組織は中等部と初等部が一緒になっていて、一階の事務室で作業しているという。

「君の勤務は明日からです。皆への紹介も、具体的な仕事の説明も明日にしますので、今日は早く帰って休んでください」

「わかりました。ありがとうございました」

春陽は深くお辞儀をして、牧原教頭と別れた。

渡り廊下の奥に談話室があったので、スマートフォンですぐに母へ採用になったことを連絡する。「まあ！　おめでとう……！」と嬉しそうな母の声にほっとした。

続いて父へ、そして祖父母へも知らせると、皆「よかった」と喜んでくれた。

じきにチャイムが鳴り、少しすると獣耳と尻尾を出した生徒たちが鞄《かばん》を持って、次々に下校していく。

談話室を出て廊下を歩く春陽に気づいた生徒から、「さようなら」と声をかけられ、学園の職員の一員になれた気がして嬉しくなった。

「さようなら」

明日からこの学校に勤務できる。あたたかで弾んだ気持ちに包まれて、春陽は挨拶《あいさつ》を返しながら、窓の外の帰宅していく生徒や部活動をする生徒の様子を眩しそうに見た。

教室の窓ガラス越しに日差しが反射し、思わず目を細めた途端、あ……と思った。

「……あれは仁さん？」

体育館へ続く通路が見え、そこにワイシャツとスラックス姿の男性が二人、立って話をしていた。二人ともすらりと細身で背が高い。じきに背を向けている男性が仁だと気づいたのだ。

（ちょうどよかった。仁さんにも合格したことを伝えたい……！）

春陽は興奮しながら階段を下りると、下駄箱で靴に履き替え、仁のほうへ駆け寄る。

「仁さん、僕……わっ」

彼の姿が見えたところで砂利に躓《つまず》き、体が前に倒れそうになった。視界に地面が近づき目を閉じて体を強張らせた直後、やわらかであたたかなぬくもりに包まれる。

「――大丈夫か？」

凛とした声に顔を上げると、仁の美麗な顔が目の前にあって驚いた。彼が抱き留めてくれ、転倒せずに済んだようだ。

「じ、仁さん、ありがとうございます。すみません……」

顔から砂利に突っ込むところだった。心臓がドキドキと早鐘を打ちつける中、春陽はあわてて彼から離れ、ぺこりと頭を下げる。

薄いブルーのカラーシャツに紺色のジャケットとスラックスを合わせた仁は、昨日見た和服姿とは別の男らしさと美麗さを纏《まと》っている。

そして、ウエーブがかかった茶髪の男性が仁の後ろに立ち、春陽を凝視していた。

先ほど、窓越しに見た時は笑顔で仁と話していた青年だ。春陽を見る眼差しは氷のように冷たく、まるで憎まれているように感じる。

「あ……えっと」

動揺する春陽のほうへちらりと流し目をくれ、彼は仁の耳元に唇を寄せて囁いた。その声が風に乗って春陽に聞こえてしまう。

「仁、彼が例の、東雲の息子？」

トクンと心臓が跳ねる。仁は頷き、低い声で男性へ返事をする。

「彼の自転車を邸で預かっているから、時間年休を取って早目に帰るつもりだ。孝行《たかゆき》、あとのことを頼んでいいか？」

「わかった。任せて、仁」

優しい声で仁にそう言うと、孝行という男性は春陽のほうを見ないまま、通路を渡って体育館へと歩いていった。その後ろ姿が小さくなるのを見ていると、仁が口を開いた。

「彼は、中等部で国語を担当している西条《さいじょう》孝行先生だ。同期だし、職員室の席も隣だ。いろいろと助けてもらっている」

「そ、そうですか」

――彼が例の、東雲の息子？

先ほど聞いた男性の声が、耳の奥から離れない。

(あの人が、仁さんの友達……)

そばに立っている仁が昨日とは別人のように感じられ、春陽の中に黒いもやもやとした感情が大きくなっていく。

(ううん、仁さんのおかげで面接が無事に終わったし、合格できた)

彼から妖狐族の説明を聞き、半妖でも恥じる必要はないと励ましてもらったおかげで、

牧原教頭とも落ち着いて話すことができたのだ。本当にありがたいと思う。

「僕、合格しました。仁さんがいろいろと協力してくれたおかげです。ありがとうございます」

頭を下げる春陽に、仁の青色の目が見開かれ、ゆっくりと頬が緩む。

「俺は何もしていない。そうか、よかった。春陽なら合格すると思っていた。自転車を預かっていたが、ちょっと待ってくれ。もう少し仕事がある。それが終わったら時間年休を取るつもりだ」

「あの……わざわざ仁さんがお休みを取らなくても、邸の誰かに声をかけさせてもらいますので」

自転車を取りに行くだけなのに、年休を取ってもらわなくてもと思う。

「春陽と話がある。三十分くらいで仕事を片付ける。その間どこかで……資料室がいい。中等部の校舎の三階だ。そこで待っていてくれ。いいな?」

有無を言わせない強い口調に、春陽は「わかりました」と頷いた。

通りかかった生徒たちから、「仁先生、さようなら」と声がかけられ、彼は挨拶を返しながら、職員室へと戻っていった。

春陽は中等部の校舎へ戻ると、資料室がある三階まで階段を上がっていく。

「目が回りそうだ……。えっと資料室は……さっき教頭先生に案内してもらって……」

廊下を直進していると、ピアノの音が響いてきた。聞いたことのない曲だったが、切なく美しいメロディに春陽の足が止まる。

（上手だな。どんな人が弾いているんだろう。生徒かな）

春陽は音楽室をそっと覗いた。

ずらりと並んだ机の後ろに楽器が置かれ、大きなグランドピアノが鎮座している中、ひとりの男性が無心でピアノを弾いていた。

流れるように美しい旋律に聞き入っていると、ふいに音が止《や》んだ。

「誰だい？」

振り返った男性の顔も声も、仁によく似ていて、春陽は驚いた。

「じ、仁さん？　いつの間に？　もうお仕事は終わったんですか？」

ピアノのほうへ近づいた春陽は、そこに座っている男性はよく似ているが、仁と別人だと気づいて小さく口を開け、固まった。

「あ……すみません」

男性は顔立ちや雰囲気が仁に似ていたが、彼の髪は焦茶色で長く、肩より下まであるところが大きく違っていた。

その長髪を掻き上げながら、男性はピアノの椅子《いす》に腰かけたまま、春陽を真っ直ぐに見つめている。どこか人を寄せつけない、冷たい眼差しだった。

「――仁と間違えたのかい？　教頭の牧原から、新しい事務職員の採用が決まったと報告を受けているよ。君だね？」

「はい、事務室に採用になりました、東雲春陽です」

お辞儀をする春陽を見つめ、男性は眉を上げた。

「君の妖力は本当に弱いね。ほとんど人間と変わらない程度だ。よろしく、半妖くん」

からかうような口調に春陽が唇を嚙みしめると、男性はくくと、喉の奥で笑った。

「気を悪くしないでくれ。私は中等部で音楽と妖力の授業を担当している綾小路創だ。理事長の綾小路旭は父で、仁は弟だよ」

「あ……仁さんのお兄さんでしたか。それで似ているんですね」

「私は長男で綾小路家の跡取りだ。妖力は父に次いで強い。この町のことや学校のことで何か訊きたいことがあるなら教えてあげるよ」

そう言った創の表情は自信に満ちていた。彼は嫡男として後を継ぐことに強い喜びと使命感を抱いているようだ。

「えっと、なんでも訊いていいのでしたら、気になっていることを……、妖力の授業って、どんなことをするんですか？」

創は小さく噴き出した。

「何を聞くのかと思ったら、そんなことか。妖狐族は感情の昂りとともに妖力を放出しがちだ。授業では各々のレベルに合わせた妖力の抑え方と、正しい印の結び方、その特性を学ぶ。元々妖狐族は運動能力や身体能力、学力などが人間より優れている場合が多い。そのことも妖力の大きさと密接に関係している。半妖の君にはわからないかもしれないが」

「わかります。僕もジャンプ力があるから、バレーボールをやらないかってよく言われました。あの能力も、妖力だったんですね。納得しました。料理好きなのも？」

興奮したように話す春陽に、創が口元を緩めた。

「料理は妖力とは関係ないだろうね。歩と華が話していた料理が上手な男、『春たん』というのは君のことだね。昨日の料理、なかなか美味しかったよ」

「料理がお口に合ったようで何よりです」

心持ち、創の目つきがやわらいだ気がしてほっとした次の瞬間、創が何気ない口調で言った。

「君、前の勤務先で上司の不祥事に巻き込まれたんだよね。依願退職させられて大変だったね。お母さんのカフェ『ノエル』も結構流行《はや》っているようだ。君の料理好きは人間の母親似だろうね」

春陽は小さく息を呑んだ。

妖狐族にとって、存在を人間に知られるリスクは何より避けたい、という事実が重くのしかかってくる。しかも自分は半妖――禁忌の子だ。何も調べずに、採用面接を受けさせるわけがない。

「ふうん。調査されたことを驚かないのか。意外と肝が据わっているようだね」

口角を上げて微笑む創を真っ直ぐに見つめる。

「僕は、この里のことを母にも誰にも他言しません」

はっきり告げると、創の瞳が鋭くなった。

「なるほど、仁が特別扱いするだけのことはある。君に興味が湧《わ》いたよ」

「えっ、仁さんが僕を特別扱い？」

なんのことかわからず聞き返す。車で送ってくれたことだろうかと思っていると、創は違うことを言った。

「今まで綾小路家に他人を、しかも初対面の相手を邸内に入れるなど考えられなかった。まして厨房に立たせた上、可愛がっている歩や華に食べさせるなど、初めてのことだよ。君はどんな手を使って、仁に取り入ったんだろう。興味がある」

春陽を見極めるような、創の眼差しはやけに鋭い。問い詰められている感じがするが、春陽にはよくわからない。

「えっと、取り入った覚えはありません。それに、あの場合は仕方がなかったんです」

創の唇が弧を描いた。

「そういう問題じゃないんだ。仁は末っ子で、母親にべったりの甘えん坊だった。その母

VANAGA

が病死して、仁は変わった。笑わなくなり、鬱々《うつうつ》とした子供になってしまったんだ。私は綾小路家の長男として、仁のことが心配だった。母の死から五年ほど経って、ようやく仁は暗い気をまき散らすのをやめ、少しだけ笑うようになった。今でも家族の前では無表情で黙ることが多い」

「でも、歩くんと華ちゃんには笑顔で接してました。それに、さっきも学園内で……」

「ああ、歩と華は別だ。仁は特別に可愛がっているし、私だって双子のことは愛しいと思っている。それに学園で同僚や生徒と笑顔で接するのも仕事だからだ。それ以外の話をしているんだよ。仁が他人の作ったごはんを食べ、それを双子にまで勧めるなんて、よほどのことだ。君のような〝禁忌の子〟をすぐに信頼し、心を開くなんてあり得ない。なぜ私にできなかったことを君ができるのだろうね」

一気にそこまで言うと、創は長いため息を落とした。春陽は返事に困ってしまう。

廊下から「創先生ー」と呼ぶ男の声が聞こえた。

「あ、呼ばれてますよ。あの、創先生って、先生のことですよね。名前で呼ばれているんですね」

頷いた創は「すぐに行きます」と廊下へ顔を出して返事をし、春陽のほうを向いた。

「私と仁と理事長は、三人とも姓が綾小路で紛らわしいので、学内では下の名前で呼ばれることが多い」

答えた創が、春陽のすぐ前まで歩み寄ってきた。

彼は春陽よりは長身だが、それでも百七十五センチくらいだろう。視線が少しだけ高いところにある。

「春陽くんって呼んでいいかな」

頷くと、創は春陽の耳元に唇を寄せた。

「仁にとって特別な男は、もうひとりいる。仁の親友の西条孝行だ。君、知っているか？」

「あ……西条先生でしたら、先ほど少しだけお会いしました」

「君、彼には気をつけたほうがいいよ。孝行は半妖が大嫌いだからね」

（半妖が大嫌い……）

それで睨まれたのかと、思い出していると、腕に痛みが走った。華奢な体軀から考えられないほど強い力で、創が春陽の腕を摑んでいる。うっと声を漏らす春陽の耳元で、創がさらに何か囁く。

「特別に教えてあげるよ。仁は孝行と……」

「兄上、春陽に何をしているんです？　今日は吹奏楽部の練習はないはずですが」

静かな声が音楽室に響き、仁が入ってきた。創が肩を竦め、春陽から離れる。

「楽譜を探していたんだよ。音楽担当教師の私が音楽室にいて何か不都合があるのかい？」

「廊下で田辺《たなべ》先生が待っていましたよ。早く行ってあげてください」

再び「創先生ー」と呼ぶ声がして、創はちっと小さく舌打ちをすると、そのまま音楽室を出ていった。

仁と二人になると、目に見えない圧迫感のような重い空気が消え、春陽は安堵した。

「春陽、資料室で待つように言ったはずだ。なぜ兄上と一緒に？」

「すみません、ピアノの音が聞こえて……仁さんと創さんを間違えました」

仁がため息をついた。

「俺と間違えたのか。兄上と俺は似ているとよく言われるが、自分ではよくわからない。身長も違うしあまり似ていないように思う」

首を捻りながら仁がそばへと歩み寄った。

「僕はひとりっ子なので、兄弟がいるのは羨《うらや》ましいです。あの、仁さんも、創さんみたいに、ピアノとか弾けるんですか？」

何気ない話題だったが、仁の表情に影が落ちた。

「音楽関係は苦手なんだ。創兄は中等部で音楽を担当し、フルーティストとしても活躍している。次兄の響兄はフォトグラファーだがトロンボーンの演奏が趣味でCDを出している。姉はピアノ講師だ。それなのに俺だけ音楽の才能がない。趣味でピアノを弾いても下手だ」

　眉根を寄せた仁が珍しく肩を落とし、美貌に寂寞さが浮かんでいる。春陽は思い切って彼の背中を叩いた。

「……春陽？」

「いじけ虫がついていたので、追い払いました。そんなことがなんだというんですか。ピアノは楽しく弾けたらいいんですよ。大丈夫です。……実は昔、僕と仁さんは会っているんですよ。あの時に逆戻りしたみたいな元気のない顔をしないでください」

　仁の眼差しが大きく揺れた。

「仁さん、十四年前のこと、思い出しましたか？」

「……春陽……」

「思い出さなくてもいいので、元気を出してピアノを弾いてください」

　彼はグランドピアノの椅子に座った。そっと両手を鍵盤に置くと、静かに演奏を始める。

　春陽でも知っているクラシックの曲を、楽譜を見ないで弾いている。流れるような旋律はとても素人とは思えない。

「わぁ……すごく上手じゃないですか」

　思わずつぶやくと、仁は弾きながら顔を上げた。

「春陽、この曲を知っているか？　スメタナ作曲の連作交響詩『我が祖国』の第二曲『モルダウ』だ」

「あ、『モルダウ』っていう曲ですか。切ない旋律がきれいです。仁さん、楽譜を見ずに演奏するなんてすごいですよ」

「いや、俺は音楽の才能はまったくない。弾けるのはこの曲だけだ。兄弟の中で俺だけが違う」

春陽からすると、楽譜もなく両手で弾けること自体すごいし、音色も十分に美しかった。何もコンプレックスを抱く要素はないと思う。

仁は椅子から立ち上がると、ピアノにそっと片手を置いて、春陽を見た。

「春陽、今後のことだが——自転車で通勤するつもりか？」

「あ、はい。そのつもりです」

「よく考えてくれ」

仁に言われて、春陽は（待てよ）と思案する。自転車でも結構距離があったし、学校前には長く続く坂がある。バスで行くには遠回りをして自転車と同じくらい時間がかかるし、バス停まで遠く、あまり本数もない。

「こ、困りました。自転車通勤のつもりでしたが……」

「俺も難しいと思う。東雲の家からは遠い。雨の多い時期だし、仕事で遅くなる日もあるだろう。バスの本数は限られている」

「それじゃあ、学校近くに、アパートを借りてひとり暮らしを……」

言いかけて、頭の中で家賃はどのくらいだろうと不安になった。初任給でひとり暮らしができるだろうか。そんな春陽の気持ちが伝わったのか、仁が強い口調で言った。

「よかったら、綾小路家に住まないか？」

「えっ？」

「うちなら学校から近いし、部屋もたくさん余っている。朝食と夕食を作ってくれるのなら、家賃はいらない」

「ええっ、本当に？」

思ってもいなかったありがたい話だ。綾小路邸なら学校の隣だし、家賃は食事作りでいいなんて。幻聴でなければいいのにと思いながら、ふと創の顔が浮かんだ。彼はなんと言うだろう。

そうでなくても、春陽は半妖だ。綾小路家の住人は反対するのではないだろうか。

狼狽《うろた》えていると、静かに仁が付け加えた。

「それに、お前がいると歩と華が喜ぶ。お前を家に置くのは、双子のためだ」

愛らしい歩と華の笑顔を思い出し、胸が甘く疼《うず》いた。春陽自身も、二人に会いたいと強く思う。

「いいんでしょうか。すごく助かります。僕、就職して三か月で退職になって、貯金があまりなくて。アパートの頭金とか、正直どうしようと思っていました。でも、やはり家賃はちゃんとお支払いします。遠慮なく金額を教え……いったぁ」

すぱぁんと勢いよく頭をはたかれた。痛くて思わず両手で頭を抱える。

「家賃はいらないと言っているのに、しつこいぞ。綾小路家に宿泊するのは、お前のような社会人一年生が払えるような金額じゃない」

確かにあのお屋敷なら、春陽が泊まったことのないような、歴史のある高級旅館より高い宿泊代金を請求されても文句は言えない。

「つべこべ言わず、お前はうまい料理を作ればいい。変な気を遣うな」

「わ、わかりました。よろしくお願いします」

深くお辞儀をする。顔を上げると仁は口角を上げて頷いた。

「これから東雲の家に行く。俺は車で先に行くから、お前は自転車で行け。荷物を積んで戻るぞ」

「あ、はい」

仁の行動力のすごさに驚きつつ、春陽は綾小路邸で置いてもらっていた祖父の自転車に乗り、祖父母の待つ家へ急いだ。

距離があるので、到着した時には、仁の車がすでに家の前に停まり、仁は居間で東雲の祖父母と話をしていた。

「お帰り、春陽ちゃん。よく頑張ったわね。えらいわ」

「本当によかったのぅ。しかも、綾小路邸に下宿させてもらえるなんて」

仁から、春陽を綾小路邸に住まわせる話を聞いた祖父母は大いに喜んでくれた。

「信頼している綾小路邸なら、あたしたちは安心だわ。うちから学園は遠いから……それでも、寂しくなるわね」

春陽は、寂しそうに微笑んでいる祖父母の手を握った。

「週末には帰ってくるからね。おじいちゃん、おばあちゃん」

「ああ、本当にありがたいお話じゃのぅ。綾小路家は狐神町の守り神のような存在だ。春陽、ご迷惑をかけないように、しっかりなぁ」

「うん。あ、おじいちゃんの自転車、庭に置いたから」

「そうか――。仁様、どうぞ孫を……春陽をよろしくお願いします」

「ご心配なく。春陽くんが安心して勤められるようにと思っています」

仁の言葉に祖父母は安堵し、春陽はここへ来る時に持ってきていたデイパックに荷物を詰め、東雲家を出た。仁が運転する車の助手席に乗り、綾小路邸へ戻る。

「何度見ても、大きなお屋敷……」

雅《みやび》やかな屋敷を見上げ、春陽は思わずつぶやいた。黒色の壁がそびえる和風な屋敷は、広い母屋を中心に渡り廊下で複数の棟が繋がれ、色とりどりの花々や樹木が植えられている中庭は、学園の校庭より広い。

「お邪魔します」

玄関を入って渡り廊下を歩いていくと、ぱたぱたと小さな足音が近づいてきた。

「おかえり、とーちゃ」

「あっ、春たんもいっしょー」

双子が一人ずつ、仁と春陽の足にむぎゅっとしがみつく。

「こんにちは、歩くん、華ちゃん。会いたかったよ」

歩と華が「ボクも！」「あたしも！」と言って、花が咲いたように満面の笑みを浮かべた。

「服を着替えたら、一緒に遊ぼうね」

「わぁい、春たんとあそぶー、絵本よむ」

「外で、おにごっこしゅるの」

仁が腰に手を当て、双子に注意する。

「子供部屋を散らかしているんじゃないか？　片付けないと春陽と遊べないぞ」

「あいっ、とーちゃ」

「おかたづけ、してくるー」

双子はトタトタと子供部屋へ戻っていった。

「まあ、春陽さん！」

「和代さん、お世話になります」

驚いている和代に、仁がテキパキと説明する。

「春陽は当分、この邸で暮らすことになる。朝食と夕食は、春陽に任せるように。それから部屋は二階の客間だ」

「どうぞ、春陽さん、こちらへ」

和代は、春陽を屋敷の二階の広い洋間へ案内した。

「ここは客間のひとつです。今日から春陽さんのお部屋としてご使用くださいませ。家具と家電とベッドは用意してありますが、何か必要なものがあれば遠慮なくおっしゃってください」

机やテレビ、オーディオ、ソファまで部屋に揃っているし、掃除も行き届いている。

「ありがとうございます」

お礼を言うと和代は一礼して下がった。春陽はリクルートスーツを脱いで、祖母が洗ってくれたTシャツとチノパンに着替える。それからスマートフォンで両親へ電話をかけ、私服や日用品を送ってもらうように頼んだ。

階段を下りて一階へ戻り、「えいしょ、えいしょ」と可愛い声が聞こえる子供部屋を覗いてみた。広い洋室内に大きな玩具箱が置いてあり、二人が玩具を片付けていて、和代が見守っている。

声をかけようとした春陽の肩を、背後から大きな手が止めた。

「仁さん?」

白色の着物に着替えた彼が声を低めた。

「春陽、人界へ仕事に行っていた父が戻ってきた。こちらへ来てくれ」

「仁さんのお父さんって、あの……学園の理事長をされている?」

「そうだ。人界でも複数の私立学校の理事長を兼務している。他にもホテルや不動産を所有する会社を経営しているから、この里と人界を行き来していて、留守が多い」

居間のさらに奥にある和室へ入ると、襖《ふすま》の前で仁が声をかける。

「父上、仁です」

「うむ、入りなさい」

返ってきた声は張りがあり、人を従わせてきた強者の貫禄《かんろく》があった。

襖を開けて入ると、仁は春陽についてくるようにと視線で促した。

部屋の上座に、白色の着物姿の大柄な男性が座っていた。年は五十代くらいだろうか。

髪を後ろに撫でつけた彼は、仁に似た美しい面立ちをしていて、ナイスミドルという雰囲気を纏っている。彼の瞳の色も仁と同じ青色だ。

(この人が仁さんのお父さん……)

春陽がそう思いながら仁の後ろで正座すると、父親が鋭い眼差しを向けてきた。

「……仁、その男は誰だ？」

（えっ、何も聞いてないの？　そっか、留守が多い人だから……）

春陽は反対されたらどうしようと動揺しながら、そっと斜め前で正座している仁を見た。

「彼は学校事務に採用になった、東雲春陽です」

「そなたが東雲の……？」

仁の父親は険しい顔のまま、ほぅっと息を落とした。

「そうか。そなたが——教頭の牧原から報告は受けていたが……」

仁が頷き、畳の上に手をついた。

「彼を、この邸に住まわせたいと思っています」

ぴくりと父親の肩が揺れた。春陽もすぐに深く頭を下げる。

「し、東雲春陽です。通勤に時間がかかるので、こちらでお世話になることになりました。あの、よろしいでしょうか。よ、よろしくお願いします」

反対されるかもしれないという不安から、緊張してうまく話せなかった。背中を冷たい汗が滴り落ちる。しかし、仁の父親は頷いてくれた。

「……仁が誰かを家に住まわせたいと言うのは初めてだな。珍しいことだ。うむ、仁の希望なら、それもよかろう。私は綾小路家の当主、旭だ。東雲の……春陽くんだったね、学校事務の仕事を頑張ってくれ」

「あ、ありがとうございます」

畳につくほど深く頭を下げてお礼を言い、顔を上げる。仁が振り返り、よかったな、というように優しく微笑んだ。

光の花が咲いたように美しい笑顔に、胸の鼓動が急に駆け足になり、先ほどまでと違う汗が浮かぶ。

（心臓に悪い笑顔……でも、本当によかった。食事の支度も頑張ろう……！）

ぐっと拳を握りしめる春陽の耳に、聞き覚えのある声が聞こえた。

「へえ……春陽くんがうちに居候することに？　それはあり得ないなぁ」

「創さん……」

足音もなく近づいてきて、彼は仁の隣に腰を下ろすと、父親の旭と向かい合った。

「父上まで、何を考えているんですか。我が綾小路家はこの里の当主です。この邸で雇っている使用人を最少人数にしているのは、まだ小さい歩や華の安全のためでしょう」

仁が「お待ちください、兄上」と話に割って入った。

「過去にあった誘拐未遂事件は、綾小路家の財産目当てでしたが、春陽はそんな気持ちはありません。何より双子が春陽に懐いています。彼は料理上手ですし、歩と華のためにも、彼に料理を担当してもらえると助かります。彼自身、通勤時間が大幅に減るというメリットもあります」

　凜と姿勢を正し、すらすら理由を語る仁に、創は目をまたたかせる。

「仁は今まで、使用人を増やすことに反対していたよね。コックだって。それなのになぜ春陽くんに同居してもらおうと思ったのかな？」

「……信頼できると思ったからです」

「出会って間もないのに、なぜ春陽くんのことをそこまで信頼しているんだい？」

　眉を上げて訝し気に尋ねる創に、仁は胸を張った。

「実は、俺と春陽は十四年前に会っています。その時に友人になりました。再会して、彼が困っていることを知って、助けたいと思ったのです」

（——そのことを、僕が言うまで、仁さんは忘れてましたよね）

　春陽は心の中でつぶやきながら、あの日の不良っぽい格好をした美少年を改めて思い出す。さらに美麗さと凜々しさを増し、教師になっている彼の、会えなかった十四年を思っていると、創は大仰なため息を落とし、小さく頭を振った。

「私は反対だよ、仁。どこの馬の骨ともわからない半妖を住まわせるなど」

「兄上！　二度と春陽を貶《おとし》める言葉を口にしないでいただきたい！」

「仁……？」

　仁の怒声に、創だけでなく父の旭も瞠目した。

「半妖云々《うんぬん》は関係ありません。俺は春陽を信用している。それに父上は許可してくれました。兄上はそれでもまだ不満がおありですか」

強い口調に、創は表情を強張らせ、黙った。

(仁さんが僕のために怒ってくれている……)

どこの馬の骨ともわからない半妖、と言われたことに。ふいに十四年前に会った時も、彼は理不尽なことを言うおじさんから、春陽を守ろうと怒ってくれたことを思い出す。

(僕のほうも、忘れていることがたくさんあるんだ)

そう思うと、再会した時の仁の印象だけでなく、もっと彼のことを知りたいという気持ちが胸の奥から湧き上がってきた。

「ふうん」

創がちらりと仁と春陽を見比べた。

「まあいいよ。父上がいいとおっしゃっているのなら、私はかまわない。春陽くん、気を悪くしないでくれ。綾小路家は里の当主で、父上は全国に私立学校を展開する理事長だ。他にもいくつも会社を経営しているし、昔から財産を狙《ねら》われることが多い。秘密も多いしね。だからつい、半妖だからと嫌な言葉を使ってしまった」

「あの、僕なら大丈夫です」

「ほら、彼がああ言っている。仁、私を睨むのはやめてくれ」

おどけたような創の口調に仁が頷き、その場の空気が変わった。姿勢を正して旭を見つめ、仁が低い声で問う。

「それで父上、澪姉の行方は何か摑めましたか？」

創も表情を変えた。

「そうですよ、父上、澪は見つかったんですか？　双子を放ってどこに行ったんだろう。困った妹だ」

眉間に深い縦皺を刻み、腕を組んだまま、旭は息子二人を見返す。

「澪は家を出る前、女友達と一泊旅行に行くと言っていたが、その友人に会って訊くと、事前に行けなくなったと澪から連絡があったそうだ。一応、その宿泊先に確認してみたが、澪が電話でキャンセルを申し出ていた。その土地は訪れていないようだ」

(どういうことだろう？)

春陽が動揺していると、仁が小声で説明してくれた。

「澪姉と連絡が取れない状態が続いている」

「そんな、警察には……」

「警察に捜索願を出しても、人間は結界を張ってある妖狐族の里には入れないから無駄だ。それに、妖狐族は妖気を感じることができる。それでも見つからないとなると、別の結界の中にいる可能性が高い」

「別の結界？」

小首を傾げる春陽に、仁が静かな口調で教えてくれる。

「ここではない別の妖狐族の里、東の里や北の里にいる可能性が高いということだ」

旭が、仁の言葉に深く首肯する。

「各妖狐族の里へ連絡を取り、澪の行方を捜してくれと依頼した。仁と創も、個人的な知り合いに声をかけてみてくれ」

今は待つしかできない状態なのか。仁の強張った横顔を見つめ、春陽はぐっと拳を握った。創は肩を竦め、大きなため息をつく。

「まったく、澪は無口でおとなしいくせに、時々、突拍子もないことをする。未婚のまま妊娠した時は本当に驚いた。最近は生まれた双子の育児に専念していたのに、急にどこへ行ったんだろう。歩も華も母を恋しがっているし、澪の身に何もなければいいけど」

仁と旭も厳しい表情で黙っている。

（本当に、どうしたのだろう。早く澪さんが双子のもとへ戻ってきますように）

そう祈るしかできないのがもどかしく、春陽は小さく息をついた。

＊＊＊＊

「初めまして、東雲春陽です」

書類が入った棚が壁一面に並んでいる事務室で、春陽は挨拶《あいさつ》をした。

向かい側の席の、三十歳くらいの小太りの女性が立ち上がった。頭には獣耳が出て、臀《でん》部《ぶ》には太い尻尾《しっぽ》がふさふさと揺れている。

「よろしく、東雲くん。あたしがチーフの佐藤直美《さとうなおみ》です」

「どうも、僕は久保木《くぼき》っす。得意は変顔です。よろしくね」

春陽と年が近そうな、細くてひょろひょろとしている男性事務職員が、笑顔で春陽と握手する。

「さっそくですが、直美チーフの真似《まね》をします」

そう言うと、久保木は唇を突き出し、目を寄せて「さあ仕事して」と言いながら、お尻《しり》を左右に振って歩いた。

（笑っては駄目だ）

春陽はぐっと自分の手をつねった。

「ちょっと久保木くん、突然変な顔をするのはやめて。東雲くんがびっくりしてるでしょ。

それにあたしはそんな顔も歩き方もしませんから」

「東雲くんが緊張しているようだったので……すみません、チーフ」

久保木は頭を掻《か》いている。以前の不祥事があった事務室と違って、少人数で明るい雰囲気にほっとした。

チーフの直美が、春陽にネームプレートを手渡した。

「勤務中はこれを首から下げてね。東雲くんは久保木くんと一緒に、経理関係の仕事を中心にやってもらいます。久保木くんが管理運営費で、東雲くんが教育振興費。それぞれ予算を有効かつ効果的に執行できるようにしてください」

「わかりました」

春陽は机の上のパソコンを立ち上げて、前任者が作成した年次計画表を開いた。

隣の席の久保木が、糸のような目を細めて、話しかけてくる。彼も獣耳と細い尻尾を出している。

「東雲くん、何かわからないことがあったら、遠慮なく聞いていいっすから。年が近いので春クンって呼んでもいいかな」

親しみをこめてニックネームで呼んでもらえるのは嬉《うれ》しい。春陽は「はい、どうぞ」と答え、さっそく質問する。

「あの、久保木さん、経費請求の具体的な流れを確認したいんですが」

「ん、消耗品費はこのファイルで分配率を確認するんだ。それを今の校内の状況に合わせ、教材教具費、図書購入費などの備品は担当教員から要望書を提出してもらい、学校全体の会議にかけるんだよ」

久保木は丁寧に教えてくれた。

「ありがとうございます」

春陽はメモを取り、年次計画表に基づき、予算編成を組み直していく。

始業のチャイムが鳴ると校内の喧噪《けんそう》がぴたりと止《や》み、静まり返る。ああ、学校にいるんだと思っていると、事務室に電話がかかってきて、直美チーフが取った。

「えっ、腰を……？　わかりました。どうぞお大事に」

通話を終えると、直美はため息をついた。

学食に仕入れている野上《のがみ》パン屋の主人が腰痛で倒れ、仕事ができるようになるまで一週間かかると医師から言われたそうだ。

この学園は給食がなく、生徒は弁当を持参するか、購買でパンを購入しているという。

「今日の分は搬入できたけど、明日からは無理だわ。野上パン屋さんしか取引がないので急に頼めるところも思いつかないし。仕方がないからお弁当を持ってくるよう、午後のHRで、担任の先生から各クラスへ連絡してもらうようにするわね」

チーフの直美が通達を準備している。春陽はふと閃《ひらめ》いた。

「すみません。その件は少し待ってもらっていいですか。考えがあります。それから、出張請求書を作成したので、確認をお願いします」

直美は首を傾《かし》げながら、書類を受け取る。

「東雲くん、出張費の請求書類をもうまとめたの？　やっぱり学校事務経験者だけに、覚えるのが早いわね」

「春クン、備品確認もお願いできるかな」

「はい」

「久保木くんったら、東雲くんにばかり、仕事を押しつけないの」

そんなことを言いながら仕事をしていると、あっという間に午前の仕事が終わり、昼休みになった。チャイムが鳴り、生徒たちの賑《にぎ》やかな声が響いてくる。

春陽は生徒の明るくはしゃぐ声が好きで、事務室の窓越しに廊下を歩いていく制服姿の生徒たちの様子を眩《まぶ》しそうに見つめる。

すると、三人の女生徒が事務室の入口前で立ち止まった。

「あの、落とし物を拾ったんです。自転車の鍵《かぎ》みたいです」

久保木が春陽に声をかける。

「春クン、どこに落ちていたか聞いて、受け取ってきてくれるかい？」

「わかりました」

落とし物の鍵を受け取ろうと、春陽が窓ガラスを開けた途端、首から下げたネームプレートを見た生徒の表情が強張《こわば》った。

「事務の東雲さんって、もしかして、『禁忌の子』ですか？」

「えっ」

突然の言葉に春陽は息を呑《の》む。

「ちょっと、あなたたち、急にどうしたの」

直美が血相を変えて飛んできた。

三人の生徒のうちひとりが、チラチラと春陽を見ながら言う。

「新しく来た事務の東雲さんは、禁忌の子だって聞いたんです。東雲家の息子が人間の女と結婚して、この西の里を出ていったって。その子供だから半妖《はんよう》だって。本当ですか？」

直美が眉《まゆ》をひそめた。

「誰《だれ》がそんなことを言ったのか知りませんが、そんな噂《うわさ》を真に受けないで」

「事実ではないんですか？」

執拗《しつよう》に尋ねる生徒に、直美が言葉に詰まると、春陽が答える。

「本当です。僕の母は人間です」

(僕も母さんも何もしていない。だから胸を張っていいと思う……！)

堂々とした春陽を見つめ、三人の女生徒は、ぎょっと仰《の》け反《ぞ》った。互いに顔を見合わせ、春陽に抗議の眼差《まなざ》しを向けてくる。

「よくも平然と……信じられない」

「南の里の時のような、恐ろしいことになるかもしれないのに」

「そうよ、この里から出ていって！」

女生徒が大きな声を出した直後、鋭い声が廊下に響いた。

「何を騒いでいる！」

いつもと変わらず、凍りつくような美貌《びぼう》の仁が、表情を消して立っていた。しかし、抑えきれない怒気が空気をぴりぴりと揺るがしているのを感じ、女生徒がたじろぎ後じさる。

「じ、仁先生……」

「君たち、その半妖という噂を誰から聞いた？」

「あ、あたしたちは……その……」

「東雲さんが君たちに何かしたのか？　何もしていないのに、感情的になって個人情報を漏らす行為は、かつて事件を起こした半妖と同じだ。誰からその情報を聞いた？　答えなさい」

有無を言わせない圧迫感に、女生徒の顔が青ざめた。

「さ、西条先生です……」

仁の表情が険しさを増した。

「わかった。落とし物を届ける用が終わったのなら、行きなさい。昼食を食べる時間がなくなる」

「はい、仁先生」

三人の女生徒は、逃げるように廊下を走り去った。

「感じ悪い子たちだなぁ。春クン、大丈夫？」

久保木が心配そうに春陽の肩に手を置いた。

「お騒がせしてすみません」

謝罪する春陽に、直美が首を横に振った。

「東雲くんの家庭の事情は、教頭の牧原先生から聞いています。学校内の教職員は皆知っていますが、多感な生徒に話すなんて、西条先生はいったいどういうつもりなのかしら」

「……」

扉を開けて仁が事務室内に入ってきた。彼は心配そうに春陽を見つめる。

「気にするな。春……いや、東雲くんは何も悪いことはしていない」

こくりと頷《うなず》き、春陽はぱっと顔を上げた。

「あの、仁さん……いえ、仁先生、明日の朝、厨房《ちゅうぼう》を借りてパンを作ってもいいですか？」

「うん？　どういうことだ？」

春陽は仁に、パン屋の主人がぎっくり腰になったことを話した。

「えっ、ということは、東雲くんは綾小路邸でお世話になっているんですか？　それで明日、お休みされる野上パン屋の代わりにパンを作ろうと？」

目を丸くしている直美に「そうです」と春陽は明るく答える。

「できれば、野上パン屋さんがお休みの一週間、作ってくるつもりです」

「ええっ、春クン、作れるの？」

「生徒たちが困るだろうし、頑張って作ってみるつもりです。何種類くらい準備すればいいんでしょうか」

すぐに久保木が資料を探す。

「えっと、仕入れる日によっていろいろだなぁ。バターロールやカレーパン、ココナッツロールだったり、クリームパンやメロンパン、くるみパンだったり、三、四種類ってところかな」

「わかりました。やってみます」

事務室に元気な春陽の声が響き、黙って話を聞いている仁へ笑顔を向ける。

「大丈夫です。ちゃんと夕食と朝食も作りますので……」

「まったく……。お前らしい。無理をするなよ。今回のことは俺から西条先生に注意しておく。今日は少し遅くなる」

春陽が頷くと、仁は一礼して事務室を出ていった。仁の後ろ姿を見送り、直美が両手で赤くなった頰《ほお》を押さえてつぶやいた。

「仁先生、いつ見ても素敵ね。あまり事務室に来られないから、こんな近くで話したのは久しぶりよ。あたしのほうが年上だけど、付き合ってくれないかしら……」

(直美チーフって、独身だったの？)

ぽっちゃりしてひっつめ髪の彼女は、オシャレな雰囲気というより肝っ玉母さんという感じなので、既婚者かと思っていた。

目をまたたかせている春陽の耳に、隣の席の久保木のつぶやきが聞こえてくる。

「うぅ……仁先生が相手じゃ、勝ち目はないよなぁ」

(ええっ、久保木さんが直美さんのことを？)

あのからかいは、好きな子をいじめたくなる小学生並みの裏返し行為だったのか。

意外だなと驚きながらも、春陽はノートパソコンに向かい、仕事に戻ったのだった。

＊＊＊＊

仕事が終わって事務室を出た春陽は、一旦近くの店で食材の買い物をした。

妖狐《ようこ》族の里と人界を行き来する里人が多く、人界へ出る訓練の場も兼ねているため、店は春陽が知っているスーパーとよく似た作りで、買い物が楽にできた。

綾小路邸へ帰宅すると、元気よく「ただいま」と声を出す。

「春たん、おかえり」

「おなかすいたー」

トタトタと駆けてくる歩と華を抱きしめ、もふもふとやわらかな獣耳がくすぐったくて目を閉じる。

「――よし、元気になった。夕食の支度を頑張るから、和代さんと待っていてね」

双子の手を引いて子供部屋へ戻ろうとした和代が、足を止めて振り返った。

「春陽さん、旭様は人界へ出かけられて、今夜は戻られないそうです。たぶんお仕事の後でお探しに……」

歩と華の前なので言葉を濁したが、父親の旭は、双子の母親、澪を探しに行ったのだろう。

春陽はこくりと首肯し、エプロンをつけた。

「ただいま。いい匂《にお》いだね」

創が帰ってきた。厨房に入り、冷蔵庫からペットボトルの水を取り出して勢いよく飲んだあと、手の甲で唇を拭《ぬぐ》う。

「お帰りなさい、創さん。夕食はもうすぐできます。カレー風味オムレツと鶏手羽先の甘辛煮です」

「美味《おい》しそうだね。私はいつも自室で食べている。取りに行くから、冷蔵庫へ置いておいて」

「わかしました。あ……」

テーブルに置いていたスマートフォンのメール受信の電子音が鳴り、確認すると、仁からのメールが届いていた。

『話が長引いているので、今夜は孝行の部屋に泊まることにした。双子が寂しくないように頼む』

「え……」

「驚いた顔をして、どうしたんだい？　何かよくない連絡でも？」

「いいえ、仁さんからです。……今夜は西条先生の部屋へ泊まってくると」

ぴくりと創の肩が揺れ、眉根が寄る。

「ふうん。今日も仁は孝行の部屋に泊まるのか」

「……よ、よくあるんですか？　じ、仁さんが、西条先生の家に宿泊することって」

「ああ、あの二人は仲がいいからね。澪が行方不明になってからは、双子のことが心配でずっと家にいたけど、仁はよく、ひとり暮らしをしている孝行の部屋に泊まっていたよ」

さらりと告げられた思いがけない言葉に、春陽は頭の後ろを殴られたような衝撃に襲われた。

「そ、そんなに……仲がいいんですか？　でも……」

「長い付き合いだからね、あの二人は。どうした、顔色が悪いよ」

「いいえ……」

強張らせた顔を伏せる春陽に、創は「ああ、なるほど」と目を細め、さらさらとした細くて長い髪を掻き上げた。

「私が、仁にとって君が特別だと言ったのは、孝行とは違う意味だよ。人と距離を取ろうとする仁が、出会ったばかりの君を信頼して、助けようとしている。とても珍しいことで、仁にとって春陽くんは特別なんだと理解した。だけど長い付き合いの孝行は、仁にとって家族以上の存在で、私だって間に入ることはできないほどだよ」

その言葉に絶句し、春陽はしばらく呼吸を忘れた。

「そう、ですか……。そんなに仲がいいんですか。……あ、僕、食事の用意をしますね」

お皿に盛りつけようとして、手が震えた。胃の辺りがしくしく痛む。

（でも僕は、仁さんのおかげで助かっている。だから感謝こそすれ、仁さんが外泊したからといって、嫌な気持ちになったり元気をなくしたりして、どうするんだ。いじけ虫、出ていけ……！）

両手で頬をパシンと挟むと、春陽は創の分を取り置き、和代と茂吉夫妻と双子と自分の分を食堂に並べた。

「おいしー、春たん、おかわりー」

「はなも、おかわりー」

ふうふうと息を吹きかけ、あむあむとカレー風味オムレツと鶏手羽先の甘辛煮を食べる歩と華が愛らしい。

食事が終わると、和代と茂吉は離れへ戻っていった。子供部屋で歩と華と遊んでいると、ふいに歩が訊《き》いてきた。

「とーちゃ、おそいね」

「今夜、仁さんはいないんだよ」

「え……っ」

「しょんな……」

双子が驚き、遊んでいたブロックが手から滑り落ちる。

「とーちゃも、かーちゃも、いない」

「さみしい……。とーちゃ、かーちゃ……」

しおしおと項垂《うなだ》れる二人の頭を撫《な》でながら、春陽は明るく言う。

「歩くん、華ちゃん、僕でよかったら、一緒に寝てもいい？」

ぱあぁっと歩と華が顔を輝かせ、ふるふると獣耳を震わせ始めた。

「わぁぁい、春たんといっしょ」

「春たん、だいすきー」

双子にしがみつかれて、春陽は小さくてあたたかな体をぎゅっと抱き寄せた。

その夜、春陽は歩と華と三人で布団を並べ、双子が好きな絵本をたくさん読んだ。

「……虹の国で、王子さまとお姫さまは幸せに暮らしました。めでたし、めでたし……」

四冊目の絵本を読み終わると、双子はすやすやと寝入っていた。

「ふふ、二人とも可愛い寝顔」

春陽も横になるが、なかなか眠れない。

（仁さんは今頃、西条先生と同じ部屋で寝ているのかな）

そんなことを考えてしまい、もやもやした気持ちが込み上げてくるが、仁に友人がいることで、なぜ自分が落ち込んでいるのかわからない。

（いじけ虫を追っ払おう）

そう思うのに、頭の中で談笑している仁と西条が浮かび、気持ちはさらに暗くなっていく。

（歩くん、華ちゃん、僕はどうしちゃったんだろう。元気が出ないよ）

すやすやと眠る双子の寝息を聞きながら、春陽は目を閉じた。

パン作りのため、早朝にアラームをかけておいたので、眠ったと思ったらすぐに起こされた。

「もう朝？」

双子が起きないようにすぐにアラームを止め、起き上がる。歩と華は横を向いた同じ寝相ですやすやと寝ている。二人の掛布団を直し、子供部屋を出た。

「よし、頑張るぞ」

厨房でエプロンをつけ、深呼吸して気合を入れる。

母の明子のカフェで出しているパン作りを手伝ったことがある。よく焼いた生地にふわりとバターが香るクロワッサン、レーズンとカスタードがたっぷりなパン・オ・レザン、さくさくのビスケット生地をのせて焼き上げるメロンパン、香ばしいクラストを味わうバゲット、カレーを揚げパンで包んだカレーパン……。

中学生の子供たちが食べるパンで、一度にたくさん焼けないので、時間差で作れるパンにしようと春陽は考える。

「コッペパンをたくさん作って、アレンジしよう」

甘いものやフルーツ、しょっぱいものでもなんでも受け止めてくれるコッペパンは、サンドするものを変えればいろいろな味が楽しめる。

春陽は強力粉、イースト、砂糖、塩にぬるま湯を注ぎ入れ、手で混ぜ合わせ、バターを加えて練り込む。手に体重をかけながら生地がなめらかになるまで捏《こ》ねを繰り返した。

（捏ね方が中途半端だと、膨らみが悪くてきめが粗くなる……）

力いっぱい捏ね、重さを測りながら包丁で分割する。グルテンは手でちぎると傷がついてふくらみが悪くなるので、すぱっと切り分けるのがコツだ。

乾燥しないよう、濡《ぬ》れ布巾をかけて休ませ、綿棒で楕円《だえん》に伸ばし、端から巻いてとじる。工程中、発酵やベンチタイムの時間は、アラームをかけて、次の生地を作った。発酵のしすぎは酸っぱい味になってしまうので注意し、次々と焼き上げていく。

焼きたてのコッペパンに溶かしバターをたっぷり塗ってグラニュー糖やきな粉やシナモンを全体にまぶした、あっさりした揚げパン風のもの。横から真っ直《す》ぐに切り込みを入れ、ピーナツバターをたっぷり塗り、輪切りにしたバナナをのせて上からチョコレートをかけたもの。レタスと生ハムとカマンベールチーズをはさみ、粗びき黒こしょうを振ったもの。縦に切れ目を入れて、焼きそばを挟んで紅しょうがをのせたもの。生クリームを絞り出し、水けを切った缶詰の黄桃を並べたもの。レタスを敷いてポテトサラダを詰めたもの。

「よし、六種類もできた……！」

パンを並べて置く。あとは包装するだけだ。

（よかった、仕事までに間に合った。あとは材料費を計算して、値段を考えよう）

領収書や使用した分量をまとめ、計算機を使って計算していると、ガチャッと音がして、厨房のドアが開いた。

「春陽か？　ずいぶん早起きだな。ああ、そうかパンを作っているのか。いい香りがすると思った」

「仁さん……？　おはようございます」

いつもと違って、仁の髪が少し乱れていた。胸元が開いているシャツを見た途端、胸がざわめいた。居心地が悪くて、視線が泳いでしまう。

動揺している春陽と反対に、仁はいつもと変わらず落ち着いている。

「着替えに戻った。冷たい飲み物をもらえるか？　昨夜《ゆうべ》は飲みすぎたようだ」

「あ……はい」

冷蔵庫から水だし緑茶を出してコップに注ぎ、仁に手渡すと、ごくごくと一気に飲み干した。彼は息をつくと、コップを置いて春陽の顔を見た。

「お前は、名前の通りだな」

「名前？」

意味がわからず首を捻《ひね》ると、仁が手を伸ばし、わしゃわしゃと髪を掻き混ぜられる。

「この里を出ていけと言うような生徒のために、パンを作るところだ。お前は本当に前向きだ。周囲を明るくする春の日差しという名前にぴったりだ」


「そんな……」

仁から褒められて嬉しいはずなのに、胸が苦しくなってしまう。

そっと顔を伏せると、頭上から穏やかな声が落ちてきた。

「孝行の祖父母は……南の里の出身だ」

顔を上げると、仁は遠くを見るような目で厨房の窓のほうを見ていた。

「お前に悪かったと言っていた。数人の生徒と雑談している時に、ついお前が半妖であることを話してしまったらしい。今日にでも、ちゃんと間違いだったと生徒に訂正すると言っていた」

「本当のことなので、訂正しなくても大丈夫です」

春陽の口調が強くなった。

父と母が深い絆《きずな》で結びついていることは恥ずべきことではないし、春陽も妖狐族のことを、母を含め誰にも話さないと決めている。半妖だからと色眼鏡《いろめがね》で見て騒ぐ相手がいても、いちいち気にしない程度には、強い心を持っているつもりだった。

「孝行のことを、許してやってくれ。あいつに悪気はなかった」

(なんで仁さんが……そんなことを)

黒く染まった感情が、怒濤《どとう》のように胸の奥から湧《わ》き上がった。その激情が嫉妬《しっと》だと無意識のうちに理解し、唇を噛《か》みしめる。

仁さんに、西条先生の代わりに謝罪してほしくなかった。西条先生じゃなく、もっとこっちを見てほしい。辛《つら》くて苦い気持ちと比例するように、目の奥も胸の中も熱くなっていく。

「ぼ、僕は……」

目の前の仁を見つめ、声が震えた。窓から入る朝の日差しが、彼の端整な顔立ちを明るく照らしている。切れ長の双眸《そうぼう》、高い鼻梁《びりょう》、形のよい唇、男らしい尖《とが》った喉《のど》ぼとけ、ボタンを外した逞《たくま》しい首筋——それらが視界に入った途端、言葉にできない想いが胸の奥から込み上げてきた。

「仁さん……僕のいじけ虫を……追っ払ってください……」

途切れがちな声とともに、視界がぼやけた。

「春陽？　泣いているのか？」

戸惑うように瞳《ひとみ》を揺らした仁が、春陽の頬に手を伸ばした。思わずその手が届かない場所へ後じさる。

嫌なのだ。仁が大切に思う男の存在が。一番に自分を見てほしいのだ。

(僕は、なんて醜いことを考えているんだろう)

頭の片隅で自分を恥じる。仁に深い絆で結ばれた大切な友人がいて、楽しい幸せな時間を過ごしたことを喜ぶべきなのに、なぜこんなことを考えてしまうのだろう。

棘《とげ》だらけの自己中心的な気持ちが、自分の中にあったなんて知らなかった。みっともなくて情けない。そう思うとじわじわと涙が滲《にじ》んでしまい、さらに強く唇を噛みしめた。

「……春陽……？」

傷ついたように歪《ゆが》む仁の美貌に、春陽の胸が締めつけられる。でも、あふれてくる苦く辛い気持ちを抑えることは難しかった。

手の甲で乱暴に涙を拭うと、春陽は大きく息を吸って顔を上げた。

「すみません。せっかくのお話ですが、僕は……やはりアパートを……住むところを探します。もう少しだけ置いてください」

「急にどうした？　綾小路家にいてくれればいいと言っている」

「半妖だからって、仁さんに甘えるわけにいかないので……」

小さな声が落ちたあと、沈黙が広がった。

「春陽」

思いつめたような表情の仁に腕を摑《つか》まれ、そのまま厨房の壁へ押しつけられた。

顔の横に手をついた仁が、ため息を落とす。

「どうした？　半妖だからとか一切関係ない。なぜ出ていくなんて考えている？　昨夜、何かあったのか？」

「いいえ、何も……」

小さな声で否定し、自分のわがままに胸が苦しくなった。仁の視線を避けるように顔を背ける。

「創兄が、何か言ったのか？」

うつむいたまま顔を横に振る。

「……俺が、孝行のところへ泊まったから――？」

低く問われた声に、ぴくりと肩が跳ね上がった。

顔を上げると、仁は瞠目《どうもく》し、動きを止めてじっと春陽を見つめている。

（僕の情けない気持ちに、気づかれてしまった……？）

心の中を見抜かれそうな鋭い眼差しにたじろぎ、何も言えずに目をまたたかせている間に、切れ長の双眸を揺らした美麗な顔が近づいてきた。

「ご、ごめんなさい」

ゆるゆるとうつむこうとした途端、顎《あご》に手がかけられ、強制的に目が合わされる。

「仁、さん……？」

近すぎる距離に戸惑いながらも、仁の形のよい唇に視線が吸い寄せられる。顔を背けることもできなくなった春陽の唇に、ゆるやかに熱が落ち、離れた。

（……え？）

目をまたたかせている間に、再び啄《ついば》むように唇が重ねられた。やわらかな感触に思わず目を見開くと、仁の顔が驚くほど近くにあった。

（仁さんと、キスしている？）

ドクンと春陽の全身が大きく揺れ、逃れようと体をよじる。しかし、仁の逞しい腕はびくともしない。

「春陽、もう少しだけ、このままでいてくれ」

そう囁《ささや》いた仁は、初めて見る顔をしていた。

「……」

何も言えずにいると、強く抱きしめられた。彼の唇が荒々しく春陽の唇を覆い、薄く開いた唇から舌先が挿《はい》ってきた。熱を帯びた舌が絡みつく感覚に肩が波打ってしまう。

さっきのキスと違う、すべてを奪うような激しい口づけに、頭の中が真っ白になり、全身が痺《しび》れて動けなくなる。息ができなくて苦しい。角度を変えながら、何度も唇が押しつけられる。

「う……く……っ、じ、仁……さ……っ」

声が掠《かす》れる。初めは軽く添えられていただけの彼の指がうなじに回され、春陽の首筋を撫でている。キスはどんどん濃厚になり、仁の舌が春陽の口の中を奔放に動き回り始めた。

唇を吸い舌をこすり、熱い吐息を絡められて、呼吸ができない。もがこうとしたら、両腕ごと強く抱きしめられた。

「ん……うぅ……！」

逃れようとしても、仁の腕はびくともしない。彼が本気になったら、春陽などどうでもできるのだという事実を思い知らされる。だが怖くなかった。それよりも仁になら傷つけられてもかまわないという思いが込み上げ、春陽は我に返った。

「や、やめて……くださ、い……」

自分の声じゃないような弱々しい声とともに、春陽の目から涙があふれた。熱くなった頬を冷ますように、ぽたぽたと伝い落ちていく。

刹那《せつな》、仁の動きが止まった。

「すまなかった」

ゆっくりと拘束を解かれ、春陽は濡れた頬を手の甲であわてて拭った。

仁は眉をひそめ、そんな春陽を見つめている。

「――双子の様子を見てくる」

仁は顔を背けるようにして踵《きびす》を返すと、厨房を出ていく。

彼の気配が消えたあと、春陽はそっと指先で唇に触れた。何度も彼が触れたのだと思うと、全身が火を点《つ》けられたように熱くなる。

（な、なんで……こんな……）

痛いくらい速く鼓動を打ちつけている心臓を服の上から押さえつける。どういう話をしていただろう。頭の中がぐちゃぐちゃで混乱してしまい、胸が壊れそうに高鳴って、なぜこうなったのかよく思い出せない。

仁の熱がまだ残っている唇を噛みしめる。

朝食用に作ったパンの焼き上がりを伝える電子音が、静かな室内にひっそりと響いた。

＊＊＊＊

「おはようございます。パンを作ってきました」

春陽は、事務室内の脇机《わきづくえ》に下ろした箱に手を置き、微笑《ほほえ》んだ。

箱の中は、ひとつずつ透明な袋に入れたパンが、たくさん詰まっている。

「うぉっ、本当に作ってきたんだ。春クンすげぇ！」

「まあ、美味しそうだわ。大変だったでしょう。こんなに……」

久保と直美が、パンと春陽を交互に見つめながら労《ねぎら》ってくれる。

「仁先生が、いろいろと手伝ってくれたんです」

彼はあのあと、キスのことには何も触れなかった。

どういう顔をすればいいかわからず春陽が動揺していると、仁は何ごともなかったように、パンをひとつずつ透明な袋に入れる作業を手伝い、学校まで運んでくれたのだ。

直美がぽんと両手を合わせた。

「早速、購買へ並べに行きましょう。そうだ東雲くん、材料費を請求してね」

「はい。費用をまとめました」

「さすがね。値段もつけやすくて助かるわ」

「直美さん、ＰＯＰカードを作ったらどうすか。せっかく春クンが作ったんだから」

久保木のアイデアに、直美が笑顔で頷く。

「いいわね。やりましょう」

春陽と久保木で購買に並べている間に、直美が『野上パン屋さんは、諸事情でお休みです。このパンは事務の東雲が手作りしました』とＰＯＰカードを作ってくれた。

購買を担当する人見《ひとみ》という女性スタッフに後を任せて、仕事に戻る。

（生徒のみんなが喜んで食べてくれるといいな……）

そんなことを考えているうちに、歩と華の笑顔が瞼《まぶた》に浮かび、じきに今朝《けさ》の熱を帯びた仁の瞳と濡れた唇が思い出された。

（し、仕事に、集中しなきゃ……）

ぶんぶんと頭を振り、ノートパソコンの画面を凝視する。

そうやって何も考えないようにしている中、ひとつアクシデントがあった。

チーフの直美が、コピーを取ろうと立ち上がった直後に電話がかかり、あわてた彼女が椅子《いす》に足を絡ませ、勢いよく倒れてしまったのだ。

「痛……っ」

床に顎をぶつけた直美は、うずくまったまま顔を押さえている。

「直美さん……！　大丈夫っすか」

「顎を打ったんですか？」

久保木と春陽が駆け寄ると、直美は顎を押さえ、「うぅ……痛い。痛いの……」と泣き出した。

青ざめた久保木が直美のそばに膝《ひざ》をついた。

「直美さんが泣くなんて初めてだ。も、もしかして骨が折れたんすか？」

「ひっく……骨折していたら、こんな痛みじゃすまないと思うの。強く打ちつけただけだと思うわ……仕事を……しないと」

涙を拭って鼻をすすりながら、直美はよろよろと立ち上がった。とても痛々しい。

春陽は、心配そうな久保木に提案する。

「久保木さん、直美さんを保健室へお願いします」

「そうっすね。直美さん、一緒に保健室へ行きましょう」

事務室を出ていった二人は、少しして戻ってきたが、骨折の可能性があるので、病院を紹介されたらしい。久保木が車で直美を送っていくことになり、二人はバタバタと準備をする。

「ごめん、春クン。あとの仕事、頼むっすね」

「はい、仕事のことは任せてください。どうか直美さんについていてあげててください」

慌ただしく二人が出ていくと、事務室は春陽ひとりになった。取り急ぎの仕事を片付け、電話応対をする。昼休みに、購買の様子を見に行くつもりだったけれど、あっという間に放課後になっていた。

「あの、東雲さん……」

廊下側の窓を開けると、昨日の女生徒三人がきまり悪そうに立っていた。

「どうしました？」

春陽が穏やかに尋ねると、ひとりがおずおずと口を開く。

「購買のパン、美味しかったです」

「えっ、食べてくれたの？」

こくんと三人が頷き、それぞれ早口で話しかけてくる。

「いろいろな種類のコッペパンがあって、売れ行き、好評でした」

「さっき見たら、完売してました」

「助かります。うちの母親、仕事が忙しくて。あたし、料理苦手だし……」

みんなに食べてもらってよかったと思い、春陽は安堵《あんど》する。

「パン屋さんが復活するまで作るつもりだから、安心して」

「月曜日も買います。……出ていけなんて言って、あの、本当にすみません」

三人の女生徒は口々に「すみませんでした」と謝罪すると、照れているのか、真っ赤になって、「それじゃあ」と帰っていった。

（よかった……みんな素直な子だ）

後ろ姿を見送って、春陽は仕事に戻る。明日は土曜日で学校が休みになるので、細かい報告や作業がある。

過去の提出ファイルを参考にしながら、春陽は懸命に書類を仕上げる。

「ふぅ……ようやく終わった」

つぶやいてデータのバックアップを取っていると、事務室の扉がノックされた。

入ってきたのは、国語教師の西条孝行だ。

「東雲くん、残業中ですか？　仕事が終わったら、少しお話があります」

彼は仁とタイプが違うが、長身で整った顔立ちをしている。涼やかな目元を緩めた彼に、春陽は会釈を返す。

「西条先生、あと少しで終わります。あの……そちらで座ってお待ちください」

簡易ソファを手で示し、春陽は急いで書類をコピーしてくる。教務担当教官へ提出し、控えをファイルしてデータを送付する。振り返ると、西条はソファに腰かけ、じっと春陽を見つめていた。

「すみません、お待たせしました」

「いいえ」

春陽は西条と向かい合うように座った。彼の部屋に仁が泊まったことを思うと、胸がさざ波立ったが、深呼吸して気持ちを落ち着け、話を聞く。

「東雲くん――」

「はい」

「昨日は失礼なことを……生徒に半妖のことを話して、すみませんでした」

頭を下げ、西条は姿勢を正した。口元に寂しそうな笑みが浮かんでいる。

「西条先生……」

「仁に強く叱《しか》られました。僕の祖父母の故郷だった南の里が閉鎖された百年前の事件と、君のことは関係がないのに、なぜ責めるのだと。仁とは長い付き合いですが、あんなに怒った彼を見たのは初めてで、それはもう驚きました。許してもらえますか？」

西条の祖父母が南の里の出身だと、仁から聞いている。禁忌の子供によって里が消滅した過去から、同じ立場の春陽を逆恨みしたくなる気持ちはよくわかるし、こうして謝罪してくれている。

それに生徒たちも理解を示してくれた。だから春陽は笑顔で首を縦に振った。

「はい。もちろんです」

「東雲くんは優しいですね。それなのに、なぜ……仁にあんな手紙を？」

「え？」

意味がわからず、春陽は小さく首を傾けた。

「すみません、手紙ってなんのことでしょうか」

「──覚えてないのか？」

突然、西条が口調を変えた。

「手紙だよ。十四年前に、君はこの西の里へ来て、仁と出会ったんだろう。その後、仁は君に手紙を送ったよね」

なんのことだろう。春陽は目をまたたかせる。

「十四年前って……確かに僕はこの町で仁さんに会いました。でも仁さんから手紙なんて、一度ももらっていません」

仁に住所を言った記憶はないし、仁の連絡先も教えてもらっていない。それに彼は再会するまで春陽のことを忘れていたはずだ。

「仁は君に会いたくて、旭様に頼んで東雲正信の住所を調べ、手紙を送ったんだ。半年で四十通も。すごい執念だろう？」

「仁さんが僕に、そんなにたくさんの手紙を？　どうして……？」

当時、不良っぽい雰囲気だった仁が、そんなに手紙を書いてくれるなんて、信じられない。独り言のように落ちた春陽の疑問の声は、戸惑いで掠れていた。

対する西条の声は苛立《いらだ》ちを含んで、どこまでも冷たい。

「半日に満たない短い時間だったが、君と話しているうちに、自分の考えが間違っていたことに気づいたと仁は言っていた。確かに半年間に四十通は迷惑だったかもしれないが、君の返事に、仁がどれほど衝撃を受けたか――」

淡々と語る西条の表情は、さらに不機嫌さを増している。彼は親友の仁を苦悩させた春陽に怒りを感じているのだろうか。

「ぼ、僕はそんな手紙、もらっていませんし、なんのことだかわかりません」

「仁から見せてもらったよ、その手紙。可哀想《かわいそう》に、仁は見る影もないほど落ち込んでしまった。子供の筆跡で書かれた『大嫌いです、二度と手紙を送ってこないで』という手紙は、君じゃなきゃ、誰が書いたんだろうね？」

唇を噛みしめて、春陽は項垂れた。そんな手紙を書いたことはないと断言できるし、仁からの手紙だってまったく受け取っていない。それでも春陽からの返事だと信じて、その手紙を受け取った仁の心の傷を考えると、罪悪感が拭えない。

春陽はぎゅっと手を握って考える。

(どういうこと？　いったい誰が僕になりすましてそんな手紙を……もしかして父さん？　僕が妖狐族の里へ行きたがらないように？　ううん、父さんは勝手にそんなことをしないはずだ)

「仁は、自分の幸せというものを追おうとしない。でも僕は、そんな彼に誰よりも幸せになってほしいと思っている。大切なんだ、仁のことが」

長い間抱いてきた想いを吐き出すように告げた言葉は、西条の本心だろう。彼の瞳の奥に、ゆらゆらと官能の炎が揺らいでいるのが見え、ぞくっと鳥肌が立った。

視線を逸《そ》らせると、ふいにシャツのボタンを二つ外している西条の首筋に、花びらのような赤い痣《あざ》が見え、視線が縫い留められた。

春陽の視線に気づいて、西条は首筋を片手でなぞり、口元を緩める。

「ああ、これはね――昨夜、仁につけられたんだ」

「……仁さんが、西条先生に……で、でも……そんな……」

「僕と仁がただの友人だと思っていたのか？　まさか――」

「……っ！」

一気に頭に血がのぼった。

春陽にしたように、あの腕で強く抱きしめて、首筋に顔を埋《うず》めたのか。熱い舌を絡め合わせたキスをしたのか。それ以上のことも……。

仁と西条が肌を重ね合い、全部をさらうように抱きしめ合う姿を想像した直後、真っ黒な感情が怒濤のごとく胸を突き上げた。

(嫌だ……っ、仁さんが西条先生を……)

息が苦しい。胸が張り裂けそうに痛い。足元で何かが崩れていく音が聞こえ、目の前が真っ赤に染まった。

もう、それ以上聞きたくなくて、春陽は勢いよく立ち上がると、くるりと身を翻した。

「――東雲くん、待ちなよ！」

西条の声が追ってくる。

脱兎《だっと》のごとく逃げ出そうとしたのに、事務室の扉を出る前に西条に腕を掴まれた。

「逃がさないよ。仁を傷つけた君には、聞く義務がある！」

西条に肩を掴まれ、軽々とひっくり返された。そのまま壁に背中を押しつけるようにして、向かい合う。彼は初めて会った時と同じ、怖い表情をしていた。

「ぼ、僕、本当に手紙を受け取ってないんです。それに返事を出したことも一度もありません」

「嘘《うそ》つきだね、君は。やはり半妖は……信じられない」

彼の言葉が鋭利な刃物のように心臓に刺さった。

「教えてくれないか、なぜ君が、綾小路邸で暮らすようになったのか」

「それは、交通の便が悪くて、東雲の家からだと通勤に時間がかかるので……綾小路家の料理を作るという条件で、置いてもらうことに……」

「周囲にアパートがいくらでもあるし、コックを雇えばいいだけのことなのにね。僕は仁のことが大切なんだ。彼を傷つけた君が平気な顔で彼に甘えるのを見ていると、無性に腹が立つよ。早く綾小路邸を出ていけばいいのに。そのつもりはないの？」

「それは……」

「君は意外と厚かましいね。優しげな顔をしているのに」

肩を押さえつけられたままで、身動きが取れない。目の前の西条の端整な顔が歪む。

「──半妖は最低だ。僕は祖父母からずっとそう聞かされてきた。だから負けない。半妖の君なんかに──大切な仁を渡さない」

口元に笑みを浮かべ、西条が片手で春陽の両手首を掴み、頭上で縫い留めた。

「西条先生……な、にを……っ」

首筋に西条の頭が入り込み、ぬるりとした感触に体が粟立《あわだ》った。

「や、やめて、くださ……っ」

首筋に西条の歯が食い込んできて、刺すような痛みにビクッと全身が跳ねた。

「う……っ、痛い……っ」

肌を裂かれるような痛みと血の匂いに、意識が朦朧《もうろう》となりながら懸命に制止する。

「や……めて……おねが……っ」

呼気に近い声しか出せず、抵抗する力もない。痛みで足が震える中、本能的な嫌悪とともに真っ白になった頭の中に浮かんだのは、仁の顔だった。

彼に会いたい。助けてほしい。他の誰でもなく、仁しか思い浮かばなかった。彼を思うだけで、痛みに震える春陽の体が叱咤《しった》され、首筋の激痛すら忘れさせてくれる。

「じ、仁さん……！　仁さん……！　助けて……仁……さん……」

彼の名を繰り返した刹那、春陽の心と体の芯《しん》に何かが落ちて気づく。

仁だけが特別なのだと。仁を好きなのだと。同性でも愛しているのだと。

（どうしよう……仁さんには西条先生がいるのに……）

こんな時になってやっと気づいた気持ちが、重苦しく首筋にのしかかっている西条を押し戻す。

「や、やめてください……！」

春陽の首筋に嚙《か》みついていた西条が口元を拭った。彼は春陽の気持ちを探るように双眸を細め、口角を吊り上げる。

「仁は僕のものだよ。君はさっさと綾小路家から出て人界へ帰ればいい。大嫌いだ」

吐き捨てるように言葉を落とした西条が、春陽の肩を突き飛ばし、事務室を出ていく。

バタンと音を立てて閉まる扉の音に、春陽の膝ががくがくと震え、その場に膝をついた。ドクンドクンと疼《うず》く首筋に手を当てると、手のひらに血が滲んでいる。

仁を想う気持ちが、あのまま重苦しい恐怖に呑み込まれることなく、西条を拒否する力に繋《つな》がった。

（仁さん……）

震える脚に力を入れて立ち上がると、事務室内の救急箱の中からガーゼを取り出して止血し、その上から包帯を巻いた。

片付けを済ませると、春陽は事務室を施錠し、無言で茜色《あかねいろ》に染まった空の下、学校を後にした。

＊＊＊＊

歩と華は、帰宅した春陽の首の包帯を見てびっくりした。

「春たん、くび、どうしたの」

「いたいの？　春たん、けがしたの？」

目を潤ませてしがみついてくる歩と華が愛《いと》しくて、春陽は二人の頭を優しく撫でた。

「大丈夫だよ。もう痛くないから。今日の夕食はふわふわの鶏だんごを、たっぷりの大根おろしで食べる鶏だんごのおろしなべと、いんげんのヨーグルトサラダだよ。すぐに作るから、和代さんと一緒に待っていてね」

「あいっ、春たん、くび、だいじ」

「きをちゅけてね、春たん」

双子は春陽に手を振り、子供部屋へと歩いていく。

ひとりになって厨房に入った途端、仁の微笑みが胸に去来した。

『春陽は名前の通り、春の日差しのように明るく、前向きだな』

(そうだ、仁さんの言葉に恥じないように……傷つかない強さを持ちたい。さあ、夕食を作ろう)

妬心からここを出ていこうと思っていた。でも今は可愛《かわい》い双子のため、美味しい料理を作りたいと思う。それは仁が望んでくれたことだ。

春陽は顔を上げ、エプロンをつけると、食べやすく切ってオリーブ油で炒《いた》めたインゲンに塩を振り、冷ましたものに水切りしたヨーグルトを和《あ》え、レモン汁を加えて器に盛る。

いんげんのヨーグルトサラダを冷蔵庫で冷やし、鶏だんごのおろしなべを作っていると、穏やかな声が聞こえた。

「いい匂いだ。今日の夕食は?」

仕事から戻った仁が厨房に顔を出した。自分の気持ちに気づいてしまった春陽は、高鳴る胸の鼓動を必死に抑える。

「お帰りなさい、仁さん。夕食は鶏だんごのおろしなべです。あと、いんげんのヨーグルトサラダが……」

「その怪我《けが》はどうした？」

春陽の首の包帯に気づいた仁が、眉根を寄せて春陽の手の包丁を取り上げた。

「よく見せてみろ。横になったほうがいいんじゃないか？　料理しても大丈夫なのか？」

「平気です。転んで、怪我をしたんです」

「春陽」

睨《にら》むような眼差しに、逃げようとしていた春陽はおとなしく項垂れた。すぐに包帯が外され、自分で手当したガーゼも取られ、首の傷が露《あら》わになる。

「この傷は……噛まれたのか？　誰に？」

瞠目した仁から目を逸らせる。だが彼はすぐに気づいて、さらに険しい表情になった。

コンロの火を止めると、春陽の背に手を当て廊下に出た。

「春陽、こちらへ」

本とソファが置かれた小さな書斎へ春陽を案内して、ドアを閉める。

春陽をソファに座らせた仁は、棚から救急箱を取り出した。サイドテーブルに置いて消毒薬とガーゼを手に取り、春陽の傷口を見つめてため息を落とす。

「……まさか、孝行が？」

「…………」

ブラインド越しの夕陽が、確信したようにつぶやく仁の美貌に、影を投げている。

黙っていると、彼の表情が苦しそうに歪んだ。

「痛かっただろう。なぜこんなことを……春陽、何か言われたのか？」

「あの……て、手紙のことを聞きました」

「あの手紙のことか……」

「待ってください。僕は仁さんから一度も手紙をもらっていませんし、返事を出したこともないんです」

仁が目を限界まで見開き、瞳を揺らした。

「本当に？　いや、でも俺は確かに手紙を春陽に送った。父上が調べてくれた住所へ……まさか、父上が――」

口元を引き締め、思考するように視線を上げたあと、首を横に振った。

「後継のためか。父上の考えらしい」

珍しく戸惑うような声を出した仁が、春陽の首筋の傷を手当し、包帯を巻いていく。

「ありがとうございます。もう血も止まっているし、痛みもほとんどありません」

「嚙まれた時はかなり痛かったはずだ。妖狐族は人型を取っている時も攻撃時に使用するため、鋭い臼歯《きゅうし》を持つから」

「攻撃……そうですか」

誰からも好かれたいなんて思っていないが、西条から攻撃されるほど憎まれているのだと再認識した途端、胸に鋭い痛みが走った。

「大丈夫か？」

長い指が包帯の上からそっと触れ、ゆっくりと首筋から頬へと指が這《は》わされていく。

頷きながら、思いもよらないほど優しい仁の指の動きに、胸が切なく締めつけられた。

「――俺からの手紙は届いていなかったのか……俺はずっと春陽に嫌われているのだと思ってきた。だから再会した時、忘れた振りをした」

「忘れた振り……？」

「ああ、そうだ。本心では、ずっとお前に会いたかった」

仁の表情は硬い。十四年間も刷り込まれた考えを変えようと、真っ直ぐに春陽を見つめている。

「覚えていてくれたんですか……よかった」

春陽は安堵するものの、目の前に仁がいると、どうしても胸が苦しくなる。

もっと早く再会できればよかった。仁と西条の仲に割って入るのではなく、仁が誰のものでもない時に。

近くにいると、西条という恋人がいるのに、仁を好きな気持ちを抑えられなくなりそうで怖かった。

「や、やはり僕は、いつまでもここにいてはいけないと気づきました。双子の母親の澪さんが戻ってきたら、アパートを探します。時々お手伝いに来ますので……」

「出ていくなんて言わず、ここにいてくれないか」

「僕は歩くんと華ちゃんと一緒にいたいと思います。でも西条先生が嫌な想いを……今でも傷ついているので……」

長い間、恋人として仁を支えてきた西条を大切にしてほしいと思う。

「孝行はお前に、何を言ったんだ？」

渋面になった仁に、びくりと春陽の肩が揺れ、あわてて下を向いた。

「じ、仁さんは、西条先生と恋人同士なんですよね。昨夜も泊まって……お二人は互いに想い合っているのではないですか？」

「俺と孝行は、そんな関係ではない。長い付き合いの親友だ。想い合っているというのは違う」

うつむいたままの春陽の頭上から、穏やかな仁の声が降ってくる。嘘を言ってるようには聞こえない。

「でも……西条先生の首に、キスマークが」

生々しい痕《あと》を見せられ、今もそれは鮮烈に春陽の脳裏に焼きついている。

「春陽、俺の目を見て話を聞いてほしい。お前は……」

言い淀《よど》み、仁の手が春陽の顎をゆっくりと上に向ける。彼の青色の瞳は海のように凪《な》いで静かだ。

「俺と孝行のことを誤解したのか？　それは違う。孝行は親友として、いろいろと愚痴を言ったり、相談に乗ってもらったりしている。だが、一度もそんな関係になったことはない。キスマークをつけたのは俺じゃない。おそらく……創兄だろう」

「そ、創さん？　えっ、ええっ？」

唖然《あぜん》となりながら、創が以前、西条と仁の仲を気にしていたことが思い出される。

「でも……」

「あの二人は、互いに本気ではないと思っている。創兄の性格から、自分の恋人が弟の親友というのが気に入らず、誘われれば男女を問わず付き合っている。孝行はそんな創に冷やかな態度を取りながらも悩み、俺によく相談している。それで俺との仲を誤解した創が意地になるという悪循環だ」

「し、知りませんでした。でも西条先生は、仁さんのことを想っていると……」

西条に噛みつかれた時に感じた怒気は、凄《すさ》まじいものがあった。思わず首筋の包帯に手を当てる。

「俺と孝行は同級生で、小さな頃からずっと仲のよい友人だった。春陽のことで悩んだ時に相談してきた相手も孝行だ。俺が春陽に振り回されていることに怒っているんだろう」

顎にかかっていた仁の手が春陽の頬を滑り、やわらかな手つきで髪を梳《す》く。

「春陽が採用面接を受けに来ることを知った時、本当に嬉しかった。前日、春陽が挨拶に来るかもしれないと思い、綾小路邸の結界を緩めたのは俺だ。ひと目見てすぐにわかった。再会してどれほど嬉しかったか」

まさか仁が、春陽に会いたくて屋敷の結界を緩めていたなんて、まったく知らなかった。それに十四年も経って、顔だって違っているし、声だって。それなのに、仁は一目で春陽だと気づいてくれたのだ。

じきに視界が暗くなった。またたいている間に、そのまま頭を抱え込まれる。広く硬い胸に額を押しつけられ、春陽は息を呑んだ。

「……頼む、ここにいてくれ」

心臓が素手で握りしめられたように痛くなり、目の奥が熱くなる。懸命に唇を嚙みしめ、涙を堪《こら》えた。

「仁さんは……再会した時、僕のことを知らないような顔をしていました。気づいてないと思って、僕……それなのに……」

「大嫌いだと手紙をもらっていたから、名乗るわけにはいかなかった。お前は昔の優しいところをそのままに、真っ直ぐに頑張っている。傷つけられても前を向き必死に頑張るお前は、俺が想像していた通りの大人へ成長していた。だから頑張ってもらおうと思って、五人受けると言った。自転車を置いていかせたのは、お前との接点を保つためだ」

信じられないくらい嬉しい言葉が、全身を甘く満たしていく。

「春陽、今朝は悪かった。気持ちを抑えられずキスして、その後、拒否されることが怖くて何も言えないまま、中途半端な態度を取ってしまった」

「仁さん……」

乱れている心を整理しようと、抱擁されたまま顔を上げると、彼と目が合った。仁の澄んだ青色の瞳の中に春陽が映って揺れている。

彼が自分を見つめている。それだけのことがこれほど嬉しいなんて。だからこそちゃんと伝えたい。自分の心の中にある、一番正直な気持ちを彼に――。

「僕は、仁さんのことを好きになってもいいんでしょうか。でも僕は、もう仁さんのことを好きになっています」

本人を前に告げた声は、自分でも驚くほど震えていた。

「それは本当なのか？　お前も俺のことを……」

春陽は深く頷く。

「仁さんが西条先生の家に泊まった夜、二人がどんなふうに過ごすのか、そればかりが気になって胸が苦しくて辛くて……特別な気持ちなのだと自覚しました」

「春陽――」

腰に手が回され、強く抱き寄せられる。そのまま唇が重ねられ、深まっていく口づけにびくりと肩が波打つと、優しい手が宥《なだ》めるように髪を滑った。

「これ以上は駄目だ。春陽は怪我をしている……」

苦しげに囁かれた言葉に、春陽はそっと首を横に振る。

「あの……け、怪我は大丈夫だと思います。もう痛みもありませんし」

仁は片手で顔を覆って、深く息を吐いた。

「そんな可愛い顔で煽《あお》らないでくれ。お前は怪我をしている。手が出せないことをわかってほしい」

「だ、大丈夫です……」

「春陽――」

仁の瞳の中に映っている自分を確認できるほど、距離が近い。彼の目を閉じる所作につられるように、春陽も瞼を閉じる。

大きな彼の手にすっぽりと後頭部を包み込まれ、唇に熱が落ちた。身をよじろうとした刹那、濡れた熱いものが口腔《こうこう》内に差し込まれる。

「んぅ……っ」

「駄目なのに……お前が欲しい。一秒も待てない」

彼の熱い舌が春陽の舌に絡みつき、巧みな動きで歯列の後ろをなぞられた。上顎をつつかれ、頭の中がぼうっと霞《かす》んでいく。

「あ……あ、仁、さ……ん」

唇を甘く吸い立てられ、体の芯が痺れた。舌先をこすりあわせ、ざらりとした感触を残す淫蕩《いんとう》な舌遣いに、下肢の奥がじりじりと疼いてくる。

（あ……）

屹立《きつりつ》した分身が恥ずかしくて、体を離そうとするが、そのまま優しくソファへ押し倒された。

「怪我をしている春陽に無理をさせたくない。だが、少しだけ……許してくれ」

囁きながら、仁の唇が春陽の頬から耳朶《じだ》へと滑り、薄い皮膚に軽く歯を立てる。

妖狐族の歯は鋭く硬い。甘噛みされている痛みと唇の感触に、全身がちりちりと焼かれるように疼き出す。

「あっ、ぁあ……っ、じ、仁さん……僕……」

仁の指先がシャツの前を開き、敏感になっている皮膚を撫でていく。

「ひぅ……」

指先で乳首をつままれて、痺れるような刺激が走り、ひくりと背が仰け反った。

「春陽の体はきれいだ」

「あ……ぁ……っ、見ないで……」

胸を愛撫《あいぶ》されて感じている自分が恥ずかしい。顔を背けようとするけれどキスで口を塞《ふさ》がれ、身動きが取れない。口腔内を隅々まで貪《むさぼ》られ、全身が蕩《とろ》けてしまいそうになり、思わず仁のシャツを握った。

「仁さん……っ、仁さ……、ま、待って……」

顔も体も燃えるように熱い。頭がくらくらして、春陽は熱でうなされたように仁の体にしがみついた。

「嫌か？　傷口が痛むのか？」

春陽は小さく首を振った。彼から触れられると心臓が早鐘を打つ。そこに嫌悪などまったく感じない。夢のように心地いいのだ。

それでも耳まで真っ赤になり、蕩けそうな表情になったところを仁に見られるのは、恥ずかしすぎて涙が出そうになる。

「少しだけ――触らせてくれ」

彼の指先が春陽の脇腹を撫で上げ、ズボンのボタンを外し、チャックを下ろす。

「あ……ぁあっ」

下着の中に手を入れられ、全身に衝撃が走った。抱きしめられている仁の体を押し返そうとするが、彼の厚い胸はまったく動かない。

「……っ、や、あ……っ」

優しく包み込むようにしごかれて、仁の手の中でどんどん硬くなっていく分身を感じ、頬を薔薇色《ばらいろ》に染めて春陽はぎゅっと目を閉じた。

「春陽、体の力を抜いてくれ」

「で、でも……あっ、あぁ……」

敏感な尖端《せんたん》を仁の手で揉《も》み込むように愛撫され、濡れた水音が室内に響く。呼吸が乱れ、下着の中に熱がこもる。ドクドクと心臓が鼓動を速めて、春陽は何度も頭を左右に振った。

「こんなふうに、されたら、お、おかしく……なってしまう……っ、や、だ……っ」

「感じている表情も愛おしい。俺の春陽……」

耳朶を食《は》むように囁かれた言葉に、気持ちが一気に昂《たかぶ》ってしまう。春陽は広い背中を抱きしめ、彼にしがみついた。

「仁さん……っ、仁さん……！」

もう何も考えられない。抑えようとする気持ちを手放し、彼の手の動きを享受する。

「ああ――っ」

ふいに訪れた絶頂に極まった声を上げ、仁にしがみついたまま身を震わせる。

体が浮遊するような恍惚感《こうこつかん》に包まれ、快楽の波が電流のように走り抜けていく。

「うぅ……あ、あ、んぅ……あぁ……」

脱力しながら、仁の肩口に顔を埋めた。羞恥《しゅうち》で顔を上げられないまま、呼吸を整えていると、濡れた仁の手が下着の中でゆっくりと動いた。

彼の手を汚してしまったことに気づき、春陽はあわてる。

「仁さん、ごめんなさい。手を……」

「謝ることは何もない。感じてくれて俺は嬉しいよ――」

優しく微笑み、口づけられた。

「首は大丈夫か？」

すっかり西条に噛まれた傷のことを忘れていた。

「はい、平気です」

目が合うと、宥めるように静かに抱き寄せられる。

「タオルを持ってくる。少し待っていてくれ」

額にキスを落とし、仁は書斎を出ていくと、じきに濡らしたタオルを手に戻った。

ふいに春陽は両親の顔を思い出した。

「……僕の父は、母にひとめぼれしたそうです。もういい年なのにすごく仲がよくて、僕、恥ずかしいと思いながら両親が羨《うらや》ましかった」

父の正信は、妖狐族の里に住めなくなることを承知で、母の明子と結婚した。

仁を愛した今なら、正信の気持ちがよくわかる。父にとって母は、運命の相手だったのだ。

「そうか、春陽は幸せな夫婦から生まれ、愛情いっぱいに育てられたのだな」

彼の切れ長の青色の瞳が、大きく揺れている。何かあるのだろうか。

「仁さん……？」

「俺も深い絆で、春陽と結ばれたいと思っている。いずれ妖狐族のことや、俺のことをきちんとお前に話したい」

「僕は今のままの仁さんが好きです。だから……」

無理に話さなくてもいい。そう言おうとした言葉が彼のキスで途切れた。

扉の向こうから、小さな足音が聞こえてくる。

「春たーん！　とーちゃ！　どこー」

「どこー？　夕しょく、たべたよ」

歩と華の声に我に返る。書斎のドアを開けると、双子が茂吉と和代夫妻と一緒に、食堂から出てきて廊下を歩いているところだった。

「あっ、とーちゃ、春たん、いたー」

「仁様と春陽さんをお探ししたのですが、姿が見えなかったので、歩様、華様に先に夕食を食べていただきました。申し訳ありません」

茂吉の説明に春陽はあわてた。

「いいえ……その、すみません。僕のほうこそ……」

厨房に春陽と仁と創の分が冷蔵庫に取り分けて入れられている。

「へえ、春陽くんと仁も、今から夕食かい？　もしかして二人で特別な時間を過ごしていたの？」

鋭い指摘に振り返ると、厨房の入口に創が立って、ニヤニヤしながら春陽と仁を交互に見つめていた。

「おや？　春陽くんは怪我をしているのに、大丈夫なのかい？」

意味深に微笑む創を、仁が「兄上——」と渋面で睨みつけた。

「怖い、怖い。仁は罪作りな男だね。孝行のことはどうするつもり？」

「創兄こそ、孝行の首へキスマークをつけたのは、独占欲からですか？」

「……っ、仁！」

珍しく取り乱した創が、ひとり分の食事をトレイに載せ、そのまま自室へと戻っていった。

その夜、ひとりになった途端、春陽は熱に浮かされたように、頭がぼんやりしてくる。

(仁さんは、僕のことをずっと覚えていた。好きだって……夢みたい)

仁の美麗な笑みと男らしい体躯《たいく》を思い出すと、体の芯から何かがじわっと熱く燃え上がるように感じ、「仁さん」と囁いて目を閉じた。

そうして、いつものように自室でひとり眠った春陽は、仁に再び強く抱かれる夢を見た。

＊＊＊＊

翌朝目を覚ますと、首の痛みがかなり引いていて、春陽は安堵した。

学校がない土曜の朝なので、ゆっくり朝食の用意をしようと、私服に着替えて廊下を歩いていると、ざわざわとした雰囲気が居間のほうから伝わってきた。廊下を茂吉が足早に歩いてくる。

「おはようございます。茂吉さん」

「ああ、春陽さん。ちょうどよかったです。旭様がお話があるとおしゃって、奥の間へ来てほしいと。歩様と華様は、和代と儂《わし》で見ておりますので」

「わかりました」

朝のやわらかな日差しが落ちる廊下を急ぎ、春陽は奥の間と呼ばれる角部屋の扉の前で小さく「東雲です」と名乗った。

「入れ」

旭のいらえが返り、扉を開けて中に入ると、豪奢《ごうしゃ》な調度品が置かれた広い和室の中央に、大きな黒檀《こくたん》の円卓が鎮座していた。上等な茶菓子とお茶が用意され、中央に着流し姿の旭が座り、向かい合うように創と仁が正座している。

「失礼いたします」

仁と目が合い、すっと表情をやわらげる彼に、小さく鼓動が跳ねた。

同時に、昨夜彼の手の中に射精してしまったことが思い出され、羞恥心で頬に熱が集まる。

「春陽、ここへ」

畳の隣をぽんと叩《たた》く仁にほっとし、彼の隣へ正座する。

「首の怪我は？」

「大丈夫です」

笑顔を向けると、心配そうな顔をしていた仁が目元を緩め、この奥の間で話していた内容を、簡潔に教えてくれた。

「……澪姉の行方についてわかったことがある。東の里へ向かったようだ。澪姉に似た女性を見かけたと、東の里の当主の使者から連絡があった」

「えっ、東の里？」

「そうだ。東の里は東京の郊外に結界を張っていて、一番大きな妖狐族の里だ。東の里と西の里は友好関係を築いている。東の里の使者の話では、澪姉はひとり、青ざめた顔で東の里を歩いていたそうだ」

双子の母親である澪が、ひとりで東の里へ行った理由はなんだろう。春陽は見当もつかず、首を捻る。仁は深いため息を落とした。

「その後、澪姉が来たと、響兄から連絡があった」

「響さんて、仁さんのすぐ上のお兄さんで、創さんの弟の？」

小声で訊くと、仁が顔を寄せるようにして小声で教えてくれる。

「ああ。フォトグラファーの仕事をしながら東の里で暮らしている次兄だ。響兄が自宅マンションで仕事の打ち合わせ中に、ふらりと澪姉が来訪したらしい。響兄が仕事中だとわかると、何も言わずに帰ってしまった。使者が見たのは、そのあとの澪姉だったようだが、声をかけると、逃げるように走り去ってしまったらしい。その後も見つからないということは、もしかすると澪姉は病気で倒れるかして、妖力が出せない状態にあるのかもしれない」

「妖力は、出せなくなるのですか」

首を傾げる春陽に、仁が頷いた。

「そうだ。精神的、肉体的に弱っている時、人間は気力がなくなって鬱《うつ》状態になるが、人間にはない妖力を持つ妖狐族の場合、それが枯渇する。おそらく澪姉は、意識を失うほどの怪我をしているか、精神的にかなり弱っているのだろう。東の里在住の叔母《おば》が探してい るが、俺と父もすぐに澪姉を探しに行くつもりだ。……創兄はどうするんです？」

腕を組んで不機嫌そうに髪を掻き上げた創が、眉をひそめた。

「なにも家族総出で東の里まで、澪を探しに行くことはないんじゃないの？　いい年をした大人だよ？　私は行かないから」

創はちらりと旭を見た。旭は創の言葉に小さく頷き、優雅な所作で立ち上がる。

「仁がいればいい。創と君は、留守番を頼む」

君というところで、旭の視線が春陽に流れた。

「それから、茂吉もついてくるように伝えてくれ。すぐに東の里へ向けて出発だ」

「僕、伝えてきます」

春陽が子供部屋へ急ぐ。歩と華と遊んでいた茂吉と和代に話すと、二人は双子の世話を春陽に任せ、すぐに支度を整えた。

和代が子供部屋へ残り、春陽と茂吉が奥の間へ戻ると、旭と仁は出発の準備ができていた。航空券の手配も終わり、空港まで急ぐという。

慌ただしく玄関へ向かう途中で、春陽は仁に腕を摑まれ、厨房の中へ引っ張られた。

「春陽……日曜の夜までに戻ってくる。綾小路邸の人数が少なくなるが、創兄とともに、双子を頼む」

信頼のこもった眼差しに深く頷くと、仁の青色の双眸が甘く滲み、強く抱きしめられた。

ゆっくりと屈《かが》みこむようにして、彼の顔が近づいてくる。

目を閉じると、仁の唇が春陽の唇を軽く吸ったあと、熱くやわらかな舌が差し入れられる。

「ん……ぅ……」

舌同士が絡み合い、強く吸われる。互いの唾液《だえき》が混ざり合い、口の中が熱く痺れてきた。

（仁さん……）

熱を分け与え、互いの想いを確かめるような濃厚なキスの途中で、玄関から旭の声が聞こえてきた。

「仁――」

そっと顔を離した仁が小さく息をつき、真顔になった。

「大切なことを伝えるのを忘れるところだった。俺たちが戻ってくるまで、蔵に入らないようにしてくれ」

「蔵というのは、庭園の奥にある建物ですか？」

双子がよく遊んでいる庭園は広く、庭師の茂吉が道具や肥料などを置いている物置小屋とは別に、古く大きな蔵があった。

「そうだ。扉に鍵がかかっているから大丈夫だと思うが……」

再度、「仁——」と旭が呼ぶ声が聞こえた。

「ほら、さっさと行けよ、仁。父上を待たせるな」

そう言いながら、ひょいと厨房に顔を出した創に、春陽は目を丸くする。

(創さん、いつからいたの？　キ、キスしているところを見られたかも)

動揺する春陽を落ち着かせるように、仁がそっと両肩に手を置いた。

「心配しなくていい。男女を問わず多くのセフレを持つ創兄は、わざわざ父に話したりしないはずだ。父には直接、俺から話したい。いいですね、創兄」

最後の言葉は創へ向けられていた。彼は肩を竦《すく》めてお手上げだという表情になる。

「跡継ぎである私は子供を作らねばならないからね。私の性癖のことを父上に話されるのは困るよ、それにしても春陽くんを見る目がひどく優しいと思っていたが、今までどれほど言い寄られても、孝行以外に心を開かなかった愚弟が、少しの間も我慢できないという体でキスしている姿に驚いた」

「……創兄こそ、孝行とはどうなっているんですか。付き合っているんでしょう」

切り込んだ仁の質問に、いつもは飄々《ひょうひょう》としている創の表情が強張った。

それは一瞬のことで、創はすぐに軽薄そうな態度で、にやりと笑顔を作る。

「どうもしないさ。孝行にしても、私を見ているわけではないよ。私が仁の兄だから、傷の舐《な》め合いで関係を続けてきただけだし、私は綾小路家の跡取りだ。ちゃんと女性と結婚し、子供を作るつもりだ。仁は三男だから、男だろうが好きな相手と一緒になればいい」

「創兄」

仁は真摯《しんし》な顔を真っ直ぐに長兄へ向け、続けた。

「たとえ父上が反対しても、俺は春陽を手放すつもりはありません。これから先も」

ぴくりと肩を揺らし、創が眉を上げた。

「ふうん……孝行では駄目だったのか。あいつの気持ちは知っていたんだろう？」

動揺が滲んでいる声で創が問う。仁は、凪いだ瞳のまま首を横に振った。

「何度も言いますが、俺と孝行は友人です。勘違いはやめて、孝行の本当の気持ちを考えてください」

「わかってないのは仁だ。孝行が気の毒だよ。本当に……。あの孝行より、そんな凡庸という言葉でしか表現できない男を選ぶとは」

（凡庸……）

春陽は思わず、ゆるゆると顔を伏せた。それは、創の言葉に落ち込んだのではなく、西条が仁へ寄せる思い、創が西条へ向ける気持ちが、彼の声音の節々から伝わってきたからだ。どうしていいかわからず戸惑っていると、頭の上にぬくもりを感じて振り仰いだ。

仁が春陽の頭に手を置いて、やわらかく目元を緩めたあと、創に向かい合った。

「創兄、俺や父上が留守の間、双子と春陽のことを頼みます」

「私は面倒なことが嫌いだから残っただけだ。子守りなどするつもりはない。早く行け」

ひらひらと手を振り、創が厨房から出ていく。仁は春陽へと静かな眼差しを向けた。

「春陽、明日には澪姉を連れて帰る。それじゃあ、行ってくる」

「行ってらっしゃい。どうかお気をつけて……」

仁は旭と茂吉の三人で、澪を探しに東の里へ向かった。


昼食を作って子供部屋へ呼びに行くと、和代と絵を描いて遊んでいた歩と華が、とたとたと駆け寄ってきた。

「とーちゃとじーちゃも、おでかけ。さみしぃ」

和代があわてて寂しそうな双子の頭を撫でる。

「春陽さんもいらっしゃるし、この和代がついておりますので、寂しくありませんよ。さあ、次は何をして遊びましょうかね……ごほっ」

咳《せ》き込む和代に、春陽は驚いた。よく見ると彼女の頬が赤く、額に汗が浮かんで辛そうだ。

「和代さん、大丈夫ですか？」

「は、い……ごほっ、ごほっ……」

「風邪《かぜ》ですか？　熱を測ってみますか？」

「そ、そうですね。なんだか頭がふらふらします」

和代は引き出しから体温計を取り出し測る。三十八度もあって驚いた。

「安静が一番です。横になってください」

「すみません、人手が少ない時に、熱など出してしまって。歩様と華様の遊び相手になることさえできず……掃除も途中なのに……」

「いいんですよ。あとは僕がやりますから」

和代は歩と華に風邪をうつしてはいけないと思ったのだろう。素直に自室へ行き、横になると言った。

卵粥《たまごがゆ》を作って、水と風邪薬と一緒に持っていくと、和代は「すみません、何から何まで」と恐縮して起き上がり、スプーンを動かして卵粥を食べた。

（よかった、食欲はあるようだ）

ごちそうさまと手を合わせると、和代は横になった。

春陽は和代の食器を下げて厨房へ戻ると、次はトレイに青菜入りおにぎりと南瓜《かぼちゃ》の煮物、ブロッコリーサラダとオレンジゼリーを載せて創の部屋へ向かう。

「昼食を作りました。創さん……」

「あとで食べる。誰も入ってはならない。作曲中だ」

扉の向こうから鋭い声が返ってきた。作曲中の創は別人のように不機嫌になっている。

「わかりました。食事は冷蔵庫へ入れておきますね」

「……」

創の返事はなかった。邪魔をしてはいけないので、春陽は創の分を冷蔵庫へ入れ、テキパキと双子の昼食を食堂に並べた。

「歩くん、華ちゃん、昼ごはんを食べよう」

「わぁい、おなか、しゅいた！」

「たべるー、たべるー」

双子は子供部屋から食堂へと元気よく走り、台に乗って手を洗うと、背の高い子供椅子に器用によじ登った。

「いただきまーす」

三人で手を合わせ、食べ始める。双子はおにぎりをぱくぱくと頬張り、南瓜の煮物をはふはふと息を吹きかけながら食べている。

「ほくほくしてるー」

「あまくて、おいしいね」

食べ終わるとゼリーを出した。スプーンを握りしめ、上手に口に運ぶ。

「ちゅるちゅるして、おいしー」

「オレンジあじ、だぁいすき」

あっという間にゼリーも完食し、春陽は双子と手を繋いで子供部屋へ戻った。

「みて、春たん。絵をかいたの」

小さな手にクレヨンを握って、白色の大きな画用紙に何やら丸をたくさん描いている。

「これは何を描いたの？」

春陽が問うと、歩は嬉しそうに笑った。

「これは、かーちゃ。それからとーちゃ、こっちが春たんよ」

「え、僕も描いてくれたの？　わぁ、嬉しいな」

「あたしも、春たんかくー」

華もクレヨンを握って、画用紙に様々な色で、ぐるぐると丸を描いていく。

「僕は少し、食事の片付けをしてくるから、二人ともこの子供部屋にいて。絵を描いて遊んでいてね」

「あーい」

元気な返事をした双子に手を振り、春陽は厨房で昼食の片付けをする。

(今頃、仁さんたちは東の里へ着いて、澪さんを探している頃かな)

まだ小さな双子が、母親に会いたくても我慢していることは、春陽にも伝わっている。

どうか澪が無事で戻ってきますようにと思いながら、ついでに夕食の下準備も手早く済ませる。両開きの大きな冷蔵庫を開けると、まだ創の昼食が残っていた。

(すごく集中しているんだな、創さん。そういえば、絵を描いている時の歩くんたちも、真剣な顔をしていた。綾小路家の人は熱中しやすいのかもしれない)

「お待たせ、さあ、どんな絵が描け……あれ?」

子供部屋のドアが少し開いていた。嫌な予感がしてすぐに中へ飛び込む。

室内はクレヨンと画用紙が散らばり、絵を描いていたままの状態で、双子の姿だけが消えていた。

「——歩くん? 華ちゃん?」

あわてて廊下を取って返し、広い邸内を走り双子を探すが、姿が見当たらない。

(もしかして、庭園へ?)

裏口から庭へ出ると、朝のうちは晴れていたのに、いつの間にか曇天が広がり、ざわざわと木々の葉が音を立てて揺れるほど強い風が吹いていた。

「歩くん、華ちゃん……どこ?」

焦りが春陽の全身を包み込む。直後、ドスン、ガタガタと何かが倒れる音が聞こえた。

「そこにいるの? 歩くん! 華ちゃん!」

音がしたのは池の向こう側だ。古く大きな建物がある。

「あれは……蔵? 仁さんが入らないようにと言っていたのに……」

白い蔵の扉には南京錠がついているが、外れていた。

重厚な扉をぐっと引くと、ギギギと軋《きし》み音を立てる。

「歩くーん、華ちゃーん」

声をかけながら蔵の中へ入っていく。薄暗く埃《ほこり》っぽい蔵の中は、豆電球がついているだけで、ぼんやりと周囲がオレンジ色に揺れている。

蔵の壁にはずらりと棚が並び、大小様々な箱が詰め込まれていた。

その奥のほうで、ぴょこっと小さな影がふたつ動いた。

「二人ともそこにいるの？　大丈夫？」

「春たん？　ふ、ふえぇ……」

「わぁぁん、びっくりしたー」

歩と華が顔をくしゃくしゃにして春陽に抱きついてきた。

「二人とも、よかった！　本当に……」

小さくてやわらかな双子の体を両手で抱きしめる。

「どうして、蔵の中に入ったりしたの？」

歩は春陽のシャツを握りしめたまま、小さな声で説明する。

「クレヨンじゃなくて、おとなのどうぐで、えをかきたかったの」

「ここなら、いろいろなものが、そろってるし、とびらがあいていたから」

「でも風がふいて、きゅうにくらくなって、こわかった……」

どうやら、絵の具を探そうと思って、蔵に入ったようだ。

先ほどの音は、開いていた扉が強風で閉まり、怖がった歩と華が妖力を解放させ、木箱や布袋を落としてしまったのだろう。後片付けをしたいが、ここには入らないようにと仁が言っていたので、彼が帰ってきてからにしようと思い、急いで双子を蔵の外へ出そうとする。

「ここは暗いし、危ないものがたくさんあるんだ。早く出ようね。そうだ。今度は塗り絵をしようか」

「ぬりえ、するー」

二人の手を引っ張るようにして蔵から出ようと急いだ春陽は、何かに足を取られて、床に手をついた。

「あいた。……あれ？」

手が汚れていないことに、春陽は小首を傾げた。ふと見ると、埃が落ちている蔵内で、そこだけ拭《ふ》き取った形跡のある棚を見つけた。

（この棚の何かを、最近持って出たような……）

ぼんやり考えながら立ち上がると、歩と華が心配そうに足にしがみついてくる。

「春たん、ころんだの？　へいき？」

「大丈夫だよ。さあ、子供部屋へ戻ろうね」

とても子供の力では開けられない、蔵の重厚な扉を閉める。

「この扉、開いてたの？」

「うん。いつも、しまっているのに」

扉はいつから開いていたのだろう。

「ぬりえ、するー」

邸《やしき》の子供部屋へ戻って、双子に塗り絵を手渡すと、喜んでクレヨンで塗っている。

「和代さんの様子を見てくるから、ここにいてね。約束だよ」

「あーい。やくしょく、まもる！」

春陽は双子に子供部屋にいるように言うと、離れの和代と茂吉夫妻の家に寄った。

ぐっすり眠っている和代は、熱が下がったのか、呼吸が楽になっていて安心した。枕《まくら》元《もと》にペットボトルを置いておく。

もう一度邸内の戸締まりを確認して、子供部屋に戻り、歩と華と塗り絵をしたあと、夕食作りを厨房で手伝ってもらった。

「今日は特別にお手伝いしてもらうよ。二人はまず、この台ふきでテーブルの上を拭いてくれる？」

「わかった、やる！」

双子は嬉々《きき》として手伝ってくれる。ひとりのほうが効率はいいが、楽しかった。

「歩くん、あっちの木籠《きかご》からキャベツを取ってきて。大きな緑色の丸い野菜だよ」

「あいっ、えっと、これ？」

「おしい。それはレタスだよ。隣のそれ。華ちゃんは小麦粉をお願い。籠の中の白い粉だからね」

「えっと、これかなぁ」

「そうだよ。このボウルの中に粉と水を入れるから、二人で順番に掻き混ぜて」

「まぜまぜする！　ぷはっ、まっしろになっちゃった」

「歩、へんなかおー」

賑やかに準備して、三人でお好み焼きをホットプレートで焼いた。

「ソースをたっぷり塗って、上からかつおぶしとマヨネーズをかけて。完成だよ」

三人でいただきますをした。

「ふわぁ、おいしいー」

ソースを口の周りにつけながら、双子があむあむと元気よくお好み焼きを頬張っている。

双子がテレビを見ている間に、春陽はお茶と一緒にトレイに載せ、和代のところへ持っていった。まだ寝ていたので、テーブルへ置いておく。

次に創の部屋へ向かった。

「――創さん。夕食はお好み焼きですよ」

「……あとで食べるよ」

「わかりました。あの、蔵の扉が開いていたんです。間違って歩くんと華ちゃんが入ってしまって。今は扉を閉めています。もしかしたら泥棒が……」

ドアが開いて創が顔を出したが、彼の顔色が真っ青で、春陽は驚いた。

「顔色が悪いですよ。無理をしないでくださいね。音楽家って大変なんですね」

「心配いらない。それより和代はどうした」

「風邪をひいたようです。熱があるので、離れで休んでもらっています。よく寝ているし、大丈夫だと思います」

「お前ひとりで双子を見ているのか？　今夜はどこで寝るんだ？」

「今夜は僕が、歩くんと華ちゃんと一緒に、子供部屋で布団を敷いて寝ようと思っています」

「甘やかさなくても、双子だけで大丈夫だと思うが」

「まだ小さいので、寂しがると思います。それに蔵を開けた外部の誘拐犯がいるかもしれません」

「春陽くんがいたところで、何もできないと思うけどね。まあいい。好きにしたら？　私の分の食事は、冷蔵庫の中へ入れていおいて」

そう言い置くと、創はドアを閉めてしまった。

冷蔵庫の中を確認すると、創の昼食の南瓜の煮物もまだ残っている。作曲に集中してまだ食べていないようだ。春陽は小さく息をついた。

(創さん、あんなに顔色が悪くて、本当に大丈夫なのかな。仁さんは今頃、澪さんと会えたかな……)

洗い物をしていると、とたとたと歩と華が厨房まで小走りに駆けてきて、春陽にしがみついた。

「春たん、ねむねむ」

「もう少し待って。お風呂《ふろ》に入ってから、寝ようね」

「あーい」

大きな檜《ひのき》風呂にお湯を張り、三人で入る。ボディソープで体を洗うと、「ひゃあ、くすぐったい」と歩と華が笑った。二人はシャンプーの時に頭からお湯をかけても、獣耳を伏せただけで泣かなかった。尻尾も丁寧に洗い、お湯に浸《つ》かってゆっくりしていると、歩がうとうとし始めた。

「春たん、ボクねむ……ぶくぶくぶく……」

「わあっ、歩くん、大丈夫っ？」

顔がちゃぽんとお湯に浸かってしまった歩を抱き上げ、あわてて華と一緒にお風呂を出た。

パジャマを着させ、三人で子供部屋の隣の和室に、布団を並べて敷いた。

「わぁい、春たん、まんなかー」

「春たん、またごほん、よんで」

「うん！」

絵本を読んでいるうちに、双子は目をこすり始めた。

「おやすみなたい、春たん」

「歩くん、華ちゃん、ぐっすりお休み」

春陽は目を細め、双子を優しく抱き寄せて目を閉じた。


「ん……？」

双子と寝ていた春陽は、人の気配で目を覚ました。

「歩くん、どうしたの？　トイレかな……あっ！」

目を開けた春陽は、いつの間にか不審者が部屋へ忍びこみ、寝ている歩の上に覆いかぶさっているのを見て絶句した。

男の手が、小さな歩の首にかかっているのを見た春陽は、布団から飛び起きて叫ぶ。

「なっ……！　だ、誰っ？　歩くんから離れて！」

夢中で不審者を突き飛ばし、歩との間に入る。不審者はゆっくりと立ち上がった。

常夜灯の薄暗い灯《あか》りに目が慣れると、春陽は不審者の顔を見て瞠目した。

そこに立っていたのは、創だった。

「そ、創さん？　こんな夜中に、いったいどうしたんです？　曲作りのストレスで部屋を間違えたんですか。それとも寝ぼけて……」

言いかけた言葉は、小さな灯りの下で強張っている創の顔を見た途端、喉の奥へと消えていった。創の表情は別人のように険しかった。

「春陽くん、なんで起きた？　そのまま気づかずに寝ていればよかったのに」

冷やかな声が耳朶を打つ。彼は寝入っている歩へ視線を移し、大きく息をついた。

「……これも歩の力なのか。いずれにしても、私に甥《おい》は殺せない……」

創が何を言っているのかさっぱりわからないが、春陽は双子を守るため、創に近づいた。

「創さん……この邸には結界が張られているんですよね」

「ああ、そうだよ」

抑揚のない声音に、春陽の心の奥にあった違和感が現実味を帯びる。

「蔵を開けたのは創さんですか？」

「ああ……その通りだ。今朝、仁が君に蔵に近づくなと話していたのを聞いて、何かあると思ってね。驚いたよ。ショックなんてものじゃない。青天の霹靂《へきれき》とはこのことだ。何があったか、君にわかるかい？」

春陽は眉根を寄せた。

「……わかりません」

「私は跡継ぎではなかったんだよ。父上の後継は――仁だ」

「え……？　でも仁さんは三男なのに？」

「私もそのつもりだった」

創は、綾小路家の嫡男であることを誇りに思い、跡継ぎだと繰り返して言ってきた。だが、父親の旭は、今回もそうだが、創より仁を頼りにしている節がある。それでだろうかと思っていると、創が顔を歪ませながらつぶやいた。

「……仁は禁忌の子供だった。信じられない」

絞り出すように落ちた創の言葉は震えていた。

春陽は目をまたたかせ、薄暗い光の中の創を凝視する。

「それは、仁さんが僕と同じ半妖ということですか……？」

「――ついてこい。見せたいものがある」

有無を言わせない命令口調になった創に、春陽は凍りついたように体を強張らせた。

「早くしろ。歩が起きる前に……」

腕を摑まれ、春陽はハッとなった。歩と華の掛布団をかけ直すと、創に引っ張られるようにして部屋を出た。真夜中を過ぎた邸内は不気味なほど静まり返っている。

「待って……。僕の見間違いでなければ、創さんはさっき歩くんの首を……」

「そのことも説明する。部屋へ入れ」

創は部屋のドアを開け、春陽の背を押して室内へ入れた。

灯りが煌々《こうこう》と点いた眩しさに目を細め、咄嗟《とっさ》に手をかざす。慣れてきたところでそっと室内を見回した。初めて入った創の部屋は広い洋間で、キーボードや楽譜など音楽関係の機材や本がたくさん置いてあった。

「これを見ろ。私が蔵で見つけた書類だ。父上が妖力で封印を施していて気づかなかったが、逆にそれであやしいと思い、なんとか見つけ出した」

机の上に置かれた箱の中から、手紙を取り出し、春陽へ見せる。

「仁は禁忌の子供だった。いいか、禁忌の子供というのは、妖狐族と人間の間に生まれた半妖の子供という意味の他にもうひとつ——近親間に生まれた子供を指す」

「え……？」

思わぬ言葉に春陽は啞然となった。疑問が渦巻くものの、言葉が出てこない。

創は春陽から視線を逸らした。

「近親間で生まれた子は、人並み外れた強い妖力を持つと、綾小路家に伝わっている。仁は、父と実の妹の間の子供だった」

「まさか……実の兄と妹が？」

「まったく、おぞましい。叔母は独身のまま、東の里で暮らしているが、まさか父と……」

　創は、そこに父の旭と、旭の妹がいるかのように、壁を睨みつけている。

「この箱には数通の手紙が入っていた。父の妹で私たちの叔母である蘭《らん》からの手紙だ。兄嫁である母へ宛てたもので、そこには自分が生んだ子供、仁を我が子として育ててくれてありがとう、と感謝の言葉がつづられていた」

「仁さんが、実の兄妹の子供……」

　思わず繰り返した春陽に、創の眉間《みけん》の皺《しわ》がさらに深く刻まれていく。

「妖狐族は、近親間で強く惹《ひ》かれることが多々あるらしい。手紙の中に書かれていたが、我々の父である旭自身、実の兄妹から生まれた禁忌の子供だった。父も仁も化け物だ」

　春陽は思わず叫んでいた。

「化け物なんかじゃありません。ひどいことを言わないで……。子供は自分の出自を選ぶことはできません。無垢《むく》な子供に罪はないはずです」

　半妖として生を受けた春陽を愛してくれた仁が、忌むべき血筋を持っているのだと知った春陽の、正直な気持ちだった。

「仁さんは仁さんです。親がどうでも、関係ありません」

そんなことで気持ちは変わらない。春陽は手のひらを握りしめた。

創は昔のことを思い出すように、壁を見つめたままつぶやく。

「母は仁を見て泣くことがあった。私はなぜだろうと思っていたが、ようやく腑《ふ》に落ちた。私の母は……自分の夫が、他の女に産ませた子を、我が子として引き取らねばならなかった苦しみを抱え、耐えていたのだ。しかもそれが夫の実妹だ。禁忌の子供を我が子として育てなければならなかった苦しみは、いかほどだったか……。母が病気で他界してから、仁は別人のように頑《かたく》なに自分の殻に閉じこもり、荒れるようになった。それは出自を知ったからだとすれば、すべてに合点がいく」

ピクリと春陽の肩が跳ねた。

(仁さんは知っていたの……？　自分の出自の秘密を)

春陽の耳元で、初めて会った時の仁の言葉がよみがえる。

――俺は、幸せになってはいけない。幸せを感じてもいけない。これから先も、罪を背負って生きていかなくてはいけない。

(仁さん……)

唇を噛みしめる春陽を見つめ、創が大きく息をつく。

「末っ子として、仁は特に母に甘えていた。愛しい母を苦しめていたのは自分だったと知り、死ぬほど後悔しただろう。いずれにしても、跡継ぎは仁で決まりだ。禁忌の子が最優先されると、我が家のしきたりにあるのだから」

そうつぶやいた創は、苦痛に耐えるように拳《こぶし》を握りしめている。

（創さんは……ずっとこの綾小路家の跡継ぎは自分だと……）

創は箱の中から別の手紙の束を取り出した。

「これは、仁が君に宛てた手紙だ。仁が出した手紙は、すべて父上が握りつぶしていた」

手紙の束を受け取ると、宛名は東雲春陽になっており、切手も貼《は》られている。

「旭さんが……なぜ、こんなことを……」

春陽のつぶやきに、創の表情が強張った。

「跡継ぎの仁は、子供を作らなければならない。だから男の君を仁から遠ざけようとしたんだろう。だが父上は今回、君がこの邸に住むことに反対しなかった。それは仁の子供が不要となったからだ。つまり、仁の後継が歩だと決まったからだ」

「歩くんが……？」

まばたきを繰り返す春陽を見つめ、創は今にも泣き出しそうな苦笑いを浮かべた。

「禁忌の子供は強い妖力を持つが、父上の呪符《じゅふ》で抑えられていた。だから気づかなかった。このＤＮＡ鑑定書も、封印が施された箱に入れてあった。双子の父親が響であることが明記されている。父上が調べたのだろう」

「えぇっ？　響さんが――双子の父親？」

春陽の声が震えた。

響は、創の弟で仁の兄だ。つまり響と澪は実の兄妹にあたる。

「双子のうち男子である歩が、仁の後を継ぐことになる。だから父上は君と仁の関係を許したのだろう。よかったな、春陽くん」

ひどく優しい声だった。だが彼の瞳は暗いままだ。

「創さん……」

現当主の旭は、後継を仁にすると決めていた。だから仁が春陽に送った手紙はことごとく届かなかった。歩の存在を知ったことで、旭は、仁に子供が生まれなくてもかまわなくなったのだ。禁忌の子供――近親間の子供の妖力は計り知れないほど高く、当主として最優先されるのだから――。

創は長兄として、次期綾小路家の当主になるのは自分だと、ずっと思ってきた。だからこそ創に知られないために、旭は細心の注意を払い、その秘密を蔵の中に隠してきたのだろうか。

もっと早く旭が、後継は仁に決めていると告げていれば、創は綾小路家の当主になることを目標にすることもなく、受ける衝撃は少なかったのではないか。

仁だけでなく歩まで禁忌の子供だとわかった今、創がここまで衝撃を受け、咄嗟に襲いかかることもなかったのではないだろうか。春陽の頭の中で、そんな考えがぐるぐる回る。

「……なんで仁だけ、幸せになるんだろうね。おかしいと思わないか？　呪《のろ》われた血を持つ禁忌の子供のくせに。私の夢だけが破れ、仁がすべてを手に入れる。そんなことは……絶対に許さない。なぜ私だけが……く、う、ぅ……」

夜中過ぎとは思えない明るい室内に、呻《うめ》き声が重く落ちた。

見つめ合ったまま春陽は、綾小路家の当主になるという夢が破れた彼に、どんな言葉をかければいいのか懸命に考えた。ありきたりの言葉しか思いつかず、唇を噛みしめる。

「西条先生が……」

心の中でたくさんの感情が渦巻き、絞り出すような声で西条の名を出したのは、まだ創にも大切なものが残っていることに気づいてほしかったからだ。

「孝行は私のことなど、なんとも思っていない。ただ私が仁の兄だから……それだけだ！」

叫んだ創がいきなり、春陽を強く突き飛ばした。

「ぐっ」

壁に背をぶつけ、痛みに顔が歪む。

「――君に、犠牲になってもらう」

「ぎ、犠牲？　なぜ……そんな……っ」

「仁を苦しめるためだよ。私の大切なものをすべて奪っていく弟へ、一矢だけでも報いたい」

「……っ」

創の手が春陽の首へと伸びてくる。振り払おうとするが、がっしりと両手で首を絞められ、恐怖で体が凍りついた。

声を上げることもできず、助けてくれる人もいない状態で、首が圧迫される痛みに呻き声が漏れる。

「う……ぅ……、じ、ん、さ……っ」

目の前が黒く塗りつぶされた刹那、獣の咆哮《ほうこう》のような叫びが響いた。

「春陽――！　無事か!?」

扉を蹴《け》り開けて飛び込んできた仁が、一瞬で両手を合わせて印を結ぶ。春陽の前に入り込むと、創の腹部に妖力を放出させた。

「がっ、うぅ……」

倒れた創が四つん這いになり、ごほごほと胃の中が空になるほど、激しく咳き込んでいる。

「ぐう……っ、仁、どうして、ここへ……父上と……東の里へ行ったはず……」

呼吸を荒らげる創を拒絶するように睨みながら、仁は春陽を背にかばった。

「胸騒ぎがしたので、澪姉のことは父上に任せ、レンタカーを借りて飛ばし、戻ってきました。創兄、無関係の春陽をなぜ手にかけようとするのですか」

「理由がわからないのか？　何もかも奪ったお前に復讐するためだ。こいつのあとに歩も殺害し、半妖のこいつの犯罪に見せかけるつもりだった。まさか戻ってくるとは。妖力の高さは伊達《だて》じゃないようだ」

　自らの計画を飄々と暴露した創が、追い詰めるような眼差しを仁へ向けると、端整な仁の顔から表情が消えた。

「春陽だけでなく、実の甥の歩まで……？」

　妖力がほとんどない春陽にも感じられるほど、圧倒的な殺気を放ちながらも、仁は苦痛に耐えるように顔を歪めている。無理もない。実の兄が甥を殺すつもりだと言い放ったのだ。

「いくら兄でも……許せない……！」

　凄まじいまでの怒りのオーラに、創は瞠目し、じきにその瞳を細める。

「すごいな。これが仁の妖力か。違いすぎる。私では勝てそうにないよ」

　つぶやいた創の表情からは、憤りも焦りも読み取れない。諦念《ていねん》と安堵が混ざったような、凪いだ目を仁へ向けている。

「いつから知っていた？　自分が禁忌の子供だと。……あの頃か。母上が亡くなってから、お前は別人のように荒れていた。あれは自分の出自を知ったせいだろう。なぜ、私には黙っていた？」

「何度も言おうと思いましたが……口止めされていたんです」

「父上から？　あの人らしい。私が邪魔をするとでも思ったのだろうね。仁と歩が綾小路家の当主になると決まっていると、もっと早くから知っていればよかった。今さらどうすればいいんだろうね。復讐くらいさせてくれないかな」

「――今回は、創兄の心の傷を思い、特別に見逃します。だが許すことはできない。次に春陽に手を出せば、俺は迷わず創兄を殺す。歩に対しても同じです。二度としないでください。創兄」

昂っている感情を必死に抑えようとしているような、仁の上ずった声を聞き、創は泣きそうな顔になった。

「見逃していいのかい？」

「………」

仁は無言のまま、苦しそうに顔を歪め、創を睨み続けている。

耳が痛くなるような静寂が落ちたあと、創は再び仁を挑発するように髪を掻き上げ、堂々と声を放つ。

「どうした、仁。私は、歩と春陽くんと殺そうとした。許さないのだろう？　なぜ攻撃してこない。妖力が桁違《けたちが》いに強いお前からすれば、私を殺すことなどたやすいはずだ。それとも非力な兄へ情けをかけているのか？」

春陽の胸の中に、純粋な怒りが湧き上がった。

「創さん……もうやめてください」

掠れた春陽の声と、パシンと乾いた音が響く。春陽が手を振り上げ、創の頬を打った音だ。

創が手で頬を押さえ、訝《いぶか》しげに眉をひそめる。

「これ以上、仁さんを傷つけないで！　殺意はなくても、発作的だったとしても、甥の歩くんに危害を加えようとした創さんが、当主になれるわけがない。その上、自虐的な言葉を並べて仁さんを追い詰め、傷つけている。創さんなんて嫌いです。大嫌い……！」

創は軽く目を見張る。

「君は……なぜ、泣いているんだい？」

微《かす》かな戸惑いを滲ませ、創は春陽を見つめている。

「え……」

創に指摘され、初めて春陽は、自分の頬を伝う涙に気づいた。

夢を失い、自暴自棄になった創の気持ちを考えると、ただただ哀しかった。

せめてもっと早く、仁と歩が禁忌の子供だと気づいていれば、もしくは旭が後継を仁にすると伝えていれば、これほど創が苦しまずに済んだのではと思うと胸が痛い。

だからといって、歩に手を出そうとしたことは許せないが、創自身、戸惑っているように見えたし、殺意も感じられなかった。だから本気で歩の命を奪おうと思ってはいなかったと信じたい。

そんな春陽の気持ちを見抜いているように、創の口元に笑みが浮かんだ。

「相変わらず、大馬鹿のお人好しだね、春陽くんは。殺されかけたばかりなのに、そんな顔で泣くなんて。……でも、そんな君だから、仁の心を動かしたんだろうね」

何もなかったかのように、いつもの口調に戻った創を見て、春陽は切なさに唇を噛みしめた。

飄々として傷つくことを誰より恐れてきた創が、初めて自分を見失うほど深く傷ついている。どうすればいいのかわからず、春陽は瞳を揺らして仁の横顔を見つめた。

感情を押し殺すように、口元を引き結んでいる仁の、握りしめた拳が小さく震えていることに気づく。仁にとって創は、長い間一緒に育った大切な兄なのだ。

「二度と、春陽にも歩にも手を出さないと誓ってください。創兄――」

「……っ」

これまでで一番、力のこもった仁の声に、創の顔がくしゃりと歪んだ。

「約束……する……」

「それなら、今日のことは父上には言いません。これからも俺の大切な兄上です」

「………」

迷子の子供のような目をした創の唇から小さな嗚咽《おえつ》が落ち、彼は片手で顔を隠すように覆った。その肩が小刻みに揺れている。

仁は黙ったまま頷くと、視線を春陽へ向けた。目が合うと、仁はようやく目元を緩めた。

「行こう、春陽」

「はい」

仁の後について、春陽も創の部屋を出ていく。

ドアを閉める前にそっと創を見た。彼は項垂れたまま、肩を震わせ続けている。

(創さん……)

パタンとドアが閉まる音が、月明かりが差し込む廊下に響くと、仁が長いため息を吐き出した。

「春陽、苦しかっただろう。怪我はないか?」

振り返った仁の指先が、春陽の首筋を辿《たど》る。

「大丈夫です」

「――春陽」

両手で掻き抱くようにされ、仁の逞しい胸の中へ抱きしめられた。

彼の心臓がドクドクと鼓動を刻む音を聞きながら、居たたまれない気持ちになった。

創が、どれほど綾小路家の跡継ぎになりたいと強く願っていたかは、仁が一番よく知っていた。だからこそ今回の創の暴走で、仁は深く傷ついている。自分のせいだと追い詰められ、消えない傷に喘《あえ》いでいるのだ。

「仁さん、僕はずっとそばにいます」

ようやく仁は春陽を拘束していた腕を緩めた。

「歩くんと華ちゃんのところへ行きましょう」

「ああ――」

仁と春陽は、双子が寝ている部屋へ急いだ。

二人は子供部屋ですやすやと寝ていた。小さな寝息を立てる双子を見守るように、月明りがやわらかく二人を包み込んでいる。

「歩、華……」

くうくうと眠っている双子を見つめ、仁は膝の上の手を握りしめた。

「春陽、双子を守ってくれてありがとう――」

仁は春陽の手を握り、ゆっくりと目を細めた。

「春陽、まだ眠くないか？　話したいことがある。俺の部屋へ来てくれないか？」

「はい、仁さん」

夜中をとうに過ぎており、いつもならもう寝ている時間だ。でも明日は日曜日でゆっくりできる。それに澪のことなど知りたいこともある。

春陽は子供部屋を出て、廊下を仁と並んで歩いた。

仁の足が止まり、廊下の右手にある大きな窓から外を見つめた。

春陽が振り仰ぐと、月明かりが仁の美麗な顔をやわらかく幻想的に照らしている。

（こうして月明かりで見ても、仁さんはきれいだ）

思わず見惚《みと》れてしまうが、同時に彼の胸中を思うと、切なさが湧き上がってきた。

（仁さんは、旭さんと実の妹の間の子供で、禁忌の子供だという。半妖と呼ばれる僕も禁忌の子供だから、半端者という意味があるのかと思ったけれど、仁さんは稀代《きだい》の妖力を持っているんだ。でも、仁さんはそんな力を望んだわけじゃない）

満月の光の中、仁がゆっくりと振り返り、「こっちだ」と囁いた。

廊下を左手に折れて歩き、灯りを点けて仁の部屋に入ると、創の部屋と同じくらい広い

＊＊＊＊

洋間だった。

　全体的にモノトーンで落ち着いた雰囲気の室内で、本棚には数学関係の書籍がずらりと並んでいる。窓際にベッドがあり、その向かいにあるソファに、二人で並んで腰を下ろした。

「――澪姉が見つかった」

　ぱあっと春陽が顔を輝かせた。

「よかったです！　本当に」

「東の里の病院に入院している。体調が回復しているので、明日には退院できる予定だ。父上と茂吉は、澪姉と一緒に明日、帰宅すると思う」

　春陽は心から安堵した。双子がどれほど喜ぶだろう。

「あ……仁さんだけ、東の里から急いで戻ってきてくれたんですね」

「ああ、出発する前、厨房で春陽と話している時に、創兄が覗《のぞ》いていたことが気になっていた。不用意に蔵の話をしたことを思い出し、胸騒ぎがして灯りが点いていた創兄の部屋へ急いだら……」

　春陽が創に首を絞められていて驚いた、という言葉が続かなかった。

　仁の眉間に深い縦皺が寄り、膝の上の手が真っ白になるほど強く握りしめられている。

「――春陽」

低い声音で名を呼び、彼は深いため息を落とした。陰りが落ちた表情には疲れが見える。

ソファが軋む音が聞こえ、あっと思う間もなく、掻き抱くように抱きしめられていた。

「仁、さん……？」

「お前が無事で本当によかった」

「……」

仁の逞しい体が小さく震え、耳元で囁かれた彼の言葉は切なく掠れている。

「俺はずっと、幸せになってはいけないと思っていた。母を苦しめてきた俺の存在自体を恨んできた。ずっと。でも、お前の言葉に救われた。本当の母親ではないと知ったのは、母が死んだあとだった。俺は何も知らず母に甘えてばかりで……後悔した。謝りたくても母はいない。自分を責め、自暴自棄になっていたところへ、お前と出会った」

十四年前の記憶が、ゆっくりとよみがえる。子供心にきれいな顔をした少年だと驚いた。そしてあの時の仁は、今から思えば確かに荒れているように感じられた。

でも、彼の気持ちを変えるようなことは、何も言ってないのにと思っていると、仁が澄んだ青色の瞳をやわらげた。

「お前と出会って、生まれてきてよかったと言えるようになった。無垢で優しいお前と話すうちに、気持ちが明るくなった。憂鬱《ゆううつ》な顔をして、暗い気をまき散らしていた俺にさえ、怯《ひる》まず笑顔を向けてくれた。再会した時、お前が忘れていることに腹が立ったが」

最後の言葉は微かに拗《す》ねたような響きがあった。

「わ、忘れていません。ずっと仁さんのことは覚えていました。ただ、仁さんだと気づかなかったんです」

「どうだろう。お前は誰にでも優しいから、覚えてなくても、俺を傷つけないように嘘をついているのかもしれない」

仁の吐息が直接耳をくすぐり、春陽の心臓が小さく跳ねた。

「覚えてました、ずっと。それなのに再会してから、なんだか冷たいというか、怒っているような感じで……」

話している途中で仁の手が後頭部に回り、優しく髪を梳き、そっとうなじに触れた。火照《ほて》った体にぞくぞくとした感覚が駆け抜けていく。

「お前は俺の初恋の相手だ」

「……初恋？」

ぽかんとした春陽を見つめ、彼は頷く。

「屈託のない笑顔で、お前は俺を癒《いや》してくれた。幸せになってもいいと、お前が言ってくれた。俺はお前を好きになった。初恋だった。再会してから、さらに強く惹かれた」

胸の奥から歓喜が湧き上がり、体が震えた。

「俺はお前を手放さなくていいんだな……」

「仁さん」

「愛している、春陽。誰よりも愛おしい存在だ」

彼が耳に噛みついてきた。体中が敏感に張りつめている状態で、眩暈《めまい》に似た陶酔に喘ぐ。

「あ……仁……さ……ん……っ」

吐息とともに彼の名を呼ぶと、そのまま抱き上げられた。ソファからベッドの上へ連れていかれ、優しく下ろされる。

仁が壁のスイッチで灯りを絞ると、薄暗がりの中で彼の大きな手が肌の上を滑った。耳朶から首筋へと唇を這わせ、ゆっくりと噛みついてくる。

「んっ」

思わず声を上げると、彼はそこを舌先でもてあそぶように舐めた。

「お前の体は、どこもかしこも敏感だ。俺の春陽……俺だけの……」

囁きながら手で全身を優しく撫でられ、胸の小さな尖りを甘噛みされて、春陽の腰が跳ね上がった。

「あ……仁さんに、触られると……ビクビクして……んぅ……っ」

念入りに、硬く立ち上がった胸の突起を舐められ、春陽は大きく背を仰け反らせた。

長い指先が春陽の服を剝《は》ぎ取っていく。

彼は自分の衣服も脱ぎ捨てると、火が点いたように荒々しく唇を奪ってきた。

「んぅっ……ん……」

舌先をこすりあわせてざらりとした感触を残す淫蕩な舌遣いに、下肢の奥がじりじりと疼いてくる。

「僕……お、おかしくなって……しまう……」

「ああ、もっとおかしくなってくれ。春陽――」

誰かと肌を合わせるのは初めてで、春陽は仁の息遣いと逞しい体から伝わる熱を感じ、この上なく幸せな気持ちで、体と心が蕩けそうになっていく。

春陽の下肢の付け根に仁が手を伸ばし、そっと分身を包み込んだ。

「あぁっ……ん……っ」

最も敏感な場所を彼の手で触れられ、全身に快感がさざ波のように広がった。

「もう濡れている。本当にお前は愛おしい。ここで最後までしてもいいか？」

尋ねてくる仁の声が官能的に響いた。春陽は迷うことなく頷く。怖いけれど、より深く仁と結ばれたいと願っている。自分の中に、こんな強い感情があったなんて初めて知った。

（仁さん……）

恋心が芽生えた時からずっと、仁に触れたいと思っていた。

彼の長い指も、やわらかな髪も、逞しい首筋も――すべてを自分のものにしたかった。

仁が欲しい。彼とひとつに繋がりたい。そして彼への想いを余すところなく伝えたい。

心から愛している、と——。

「参った。そんな顔をされたら、気持ちが抑えられなくなる」

春陽は目を見開いた。仁の頭に獣耳が出ている。妖狐族の話をした時に故意に出して以来、彼はずっと人型を取っていた。妖力が高い仁が抑えられないほど、強い感情を抱いているという現実が嬉しくて、春陽の体が震えてしまう。

「仁さん……好きです。愛しています」

春陽の声が掠れ、頬が熱くなる。喘ぐように紡いだ言葉に、仁は困ったように眉根を寄せた。

「そんな可愛い顔で告白されたら、俺のほうがどうにかなりそうだ」

囁きながら、仁はベッドサイドの小瓶を手に取り、液体を手のひらで温めた。そのあと優しく口づけながら、ゆっくりと春陽をベッドに押し倒し、長い指先で敏感な窄《すぼ》まりに触れる。つぷりと指先がもぐり込んできた瞬間、彼にしがみつくようにしてぴくぴくと体が小刻みに波打った。

「ひぅ……あ、あ……」

仁の指先が入口の抵抗を滑り抜け、体内に入ってくる。彼の指が侵入してきたことに甘い昂りを覚え、喉から喘ぎ声が零《こぼ》れ落ち、ぬるぬると出入りする刺激に、息がさらに上がっていく。

「あぁっ……だ、駄目……うぅ……ん……っ」

仁は春陽の分身を優しく片手で揉みしだきながら、後ろの窄まりを解《ほぐ》していく。

敏感な部分を愛しい人の手で愛撫され、春陽は快楽に身悶《みもだ》えた。

「んっ、あっ、あ――」

指をさらに奥へと挿《い》れられ、ぐるりと掻き回された。グチュッ、グチュッと音がして、口から「うぅ、あ……あぁ……んっ」と無意識のうちに喘ぎ声が漏れる。

「痛くないか？」

「いいえ……あ、う……っ」

「そろそろ大丈夫だと思う。もし痛かったら、そう言ってくれ」

春陽の中で蠢《うごめ》いていた彼の長い指が抜かれた。

「あ……」

やわらかくなった場所に、硬いものが押し当てられた瞬間、体が強張った。

しかし、怖いのは一瞬だった。

圧迫感とともに、尖端がめり込んできた。直後、味わったことのない強い刺激が足の指先から全身へと電流のように伝わっていく。

「ああぁっ――く……ぅ」

熱く脈打つ彼の分身は、まるで意思を持っているかのように、肉壁の中を進んでいく。

「……ああっ……」

全身を満たしていく強い痺れに、何も考えられない。ただ無心で湧き上がってくる快感に震えていると、見下ろしてくる仁と目が合った。

美麗な彼の顔に、初めて見るような情欲的な表情が浮かんでいる。彼に抱かれていると意識すると、喜びで全身が戦慄《わなな》いた。

「春陽……たまらない。やっとお前とひとつになれた……俺だけのものだ。永遠に……」

「あ、あ……仁さ……、ぼ、僕……あぁ……っ」

奥深くまで身を埋めたまま、彼は欲望と快楽の入り混じった表情で春陽を見下ろしている。

「もっと、深く繋がりたい……、動きたいが……大丈夫か？」

彼とひとつに繋がっているだけで、すでにいっぱいいっぱいだが、彼の表情を見ると、頷いていた。

ゆっくりと抜き差しが始まった。広い背中を抱きしめると、中の彼がズクリと動いた。体の中を熱くて硬いものが行き来する。その未知の感覚に声が漏れてしまう。

「はぁ、はぁ……んく……、ん、んんっ……」

「春陽……っ、お前のことが好きすぎて、苦しい……っ」

彼は、肉襞《にくひだ》を掻き回すように最奥を貫き、ズチュッ、ズチュッと灼熱《しゃくねつ》の楔《くさび》をこすり上

げながら、小刻みに体を震わせる春陽の手に指を絡めた。

「んんぅ！　じ、仁……さ……んっ……はぁっ……はっ……」

絶え間なく快感が弾《はじ》け、互いの体から汗が滴っていく。

一度腰を引き、足が浮き上がるほどに深く突き上げられた。内側で弾けた強烈な快感に、春陽は肩を跳ね上げ、身を震わせる。

「あ、や、僕……出てしま……う……っ」

「ああ──俺も……一緒に……」

仁の切羽詰まったような表情が切なくて、春陽の全身がさらに熱を帯びる。

「んっ、んっ、ん……っ」

「春陽──愛している」

囁きが落ちた直後、密着した彼の腹部が引き締まった。体が浮遊するような恍惚感に、ひときわ高い声を放つ。

「あ、あ、あ──っ」

全身をくまなく満たしていく甘やかな痺れとともに白濁を放ち、静かに脱力していく。

その直後、腰をゆっくりと前後に動かし、仁がたっぷりとした熱情を最奥に送り込んできた。

体の中が彼で満たされるのを感じながら、じわじわと脱力した痩身《そうしん》に、汗に濡れた熱っぽい体が覆いかぶさり、ぎゅっと強く抱きしめられた。

「仁さん……」

愛しい人の熱に包まれて、春陽は幸せを感じながら目を閉じた。

＊＊＊

翌朝、優しく髪を撫でる大きな手の感触で、春陽は目を覚ました。

「仁……さん……？」

「おはよう、春陽。体は大丈夫か？」

横になった春陽を包み込むように抱きしめ、仁がふわりと微笑んでいる。言葉にできないほど幸せを感じて、春陽は彼の胸に頬を寄せた。

「どうした？　どこか痛むのか？」

「いいえ、大丈夫です」

昨夜の激しい情事を思い出すと、気恥ずかしさで顔が熱くなってしまう。

（今日が日曜でよかった。あっ、朝食……！）

そっと仁の腕の中から顔を上げると、青色の双眸の中に春陽が映っていた。

「あんなふうに理性が飛んだのは、初めてだ。お前は可愛すぎる」

「そ、そんな……」

真っ赤になる春陽を見つめ、仁が降参するように両手を上げた。

「そんな可愛い顔で煽らないでくれ。朝から抱きたくて仕方がない」

「あ、朝からなんて、無理です。それに、朝食を作らないと」

「――まだ夢の中にいるような気分だ」

囁いた仁が甘いキスを落とす。春陽はぎゅっと仁に抱きつくと、ゆっくりと起き上がった。仁もベッドから下り、着物に着替える。

「それじゃあ俺は、双子の様子を見てくる。春陽は今日から毎晩、俺の部屋で寝てほしい。いいか？」

強く抱きしめられ、こめかみにキスが落とされる。上を向くと、甘く微笑んでいる彼と目が合った。そのまま唇が重ねられ、彼の熱に心も体も蕩けそうになり、春陽は幸せすぎて眩暈がした。

「はい……僕も仁さんと一緒にいたいです。すごく幸せで、怖いくらい……」

「俺もだよ」

愛おしむように、くしゃくしゃと髪を掻き回され、滑るようにその手が後頭部を摑んだ。

「春陽、これから先も、ずっと俺のそばにいてくれると約束してくれ」

「仁さん……もちろん約束します」

啄むように口づけられ、唇を吸い立てられた。熱い舌先が侵入し、互いをこすり合わす感覚に、頽《くずお》れてしまいそうになる。

「ん……んぅ……」

熱い吐息を絡め、ようやく拘束を解いた仁は、真っ赤になっている春陽の頬を撫でると、子供部屋へ向かった。

春陽が厨房へ入ると、体調が回復した和代が食パンを焼いていた。

「昨夜は介抱してくださり、ありがとうございました。おかげですっかり熱も下がりました」

「よかったです。でも、まだ安静に……」

「いいえ、食パンを焼くくらいはできますので、どうぞ春陽さんは、仁様とゆっくりなさってくださいな」

意味深な言葉に、ドキンと心臓が跳ねた。

「えっ、あ、の……和代さん……ど、どうして」

彼女は動揺する春陽を見て、目元を緩める。

「恋をすると目つきが変わるので、わかるんですよ。あたしは十八の時から五十年以上、この綾小路家に仕えてきました。仁様のことも生まれた時から存じ上げています。仁様のお気持ちも春陽さんのお気持ちも、わかっておりましたよ」

（ええっ、和代さんに気づかれていたなんて）

一瞬にして春陽の顔が真っ赤になり、身を縮ませる。和代は口に手を当てて笑い、すっと口元を引き締めた。

「春陽さん、ご存知ですか。仁様の本当の母親のことを……」

こくりと頷く春陽に、和代が言葉を続ける。

「蘭様は、ずっと実の兄である旭様のことを想ってきました。でも旭様は美由紀様という幼馴染《おさななじみ》の女性と結婚し、創様、響様、澪様と三人のお子様を次々に生みました。そんな中、蘭様が旭様の子供を身籠《みご》られたのです。美由紀様のショックは大きく、一時は離婚直前まで揉め、あたしも心配いたしました」

創が三歳、響が二歳、澪が一歳の時のことだと言う。旭は美由紀に平身低頭して詫《わ》びを入れ、蘭はすぐに東の里の遠縁の家で暮らすことになった。蘭が生んだ子供は、男児なら綾小路家で引き取り次期当主にし、女児なら蘭が育てることになっていた。それが綾小路家の決まりだという。

「そうして生まれたのが仁様でした。蘭様は今も独身で、東の里で暮らしていらっしゃいます。何度か里帰りをしましたが、仁様を我が子として育ててくれた美由紀様への感謝の気持ちから、決して母親だと名乗ることはしませんでした。美由紀様がご病気で亡くなられてからも、仁様だけでなく、旭様とも会わないようにしていらっしゃいます。澪様は、あの当時の蘭様と同じくらい真剣な想いを響様に抱いてました」

「澪さんと、響さんのことも、気づいていたんですか？」

驚いた春陽が尋ねると、和代は目を細めて「はい」と首肯する。

兄妹なのに互いに惹かれ合った澪と響は、誰にも言えずに悩んでいた。響は過ちを犯す前に、想いを断ち切ろうと家を出て、フリーのフォトグラファーとして東の里で暮らし始めた。しかし四年前に里帰りした時、とうとう澪と一線を越えてしまったのだという。

「しかし澪様は、響様に妊娠したことを知らせませんでした。それから一度も里帰りされていない響様は、今も歩様と華様が生まれたことを知らないままで、一度も会ったことがないんです。ご自分の子供なのに」

「そんな……」

歩と華の笑顔が脳裏をよぎり、春陽は言葉をなくした。

「旭様のご両親も実の兄妹でした。綾小路家では、兄妹で惹かれ合うことが多いようです」

静かになった厨房にオーブンの電子音が響き、パンの香ばしい匂いが漂う。

「もう少し焼いたほうがいいですわね」

つぶやいた和代が食パンを次々焼いている間に、春陽はオムレツと、キャベツとベーコンのスープを作り始める。

テーブルに並べる頃には、仁が歩と華を連れてきて、珍しいことに創まで食堂に姿を見せた。

「あっ、おはようー、創おじちゃ」

昨夜のことは何も知らない歩が笑顔で挨拶すると、創の表情が少し歪んだが、すぐに「おはよう、歩、華」と返事を返し、椅子に座った。

「朝食は和代が焼いたパンか。オーブンで焼くだけで、どうして焦げるんだろうね」

創のつぶやきに、和代が眉を上げる。

「創様は苦手でしたか？　焦げたパンが、あたしは好きなので……申し訳ありません」

「まあ、次から焦がさないようにして。オムレツとスープは美味しい。春陽くんが作ったんだね」

そんなことをつぶやきながら、創は春陽のシャツを少し捲《めく》り上げた。腹部に点々と散った赤い鬱血《うっけつ》が見える。昨夜仁がつけたキスマークだ。

「うわ、すごいね。全身に愛の花びらが舞っている」

「創兄――」

仁が間に入り、創の手を摑んで春陽から引き離した。そっと春陽のシャツを元に戻す。

「春陽に触れないでください、創兄、いいですね」

「おお、怖い。春陽くんは妖力が少ないんだから、手加減してあげないと可哀想だよ？

ここまで盛り上がるなんて、仁の理性も大概もろいんだね」

　冷やかす創の言葉に、春陽はパンが喉につっかえて咳き込んでしまう。

「ゴホッ、ゴホゴホゴホ」

「大丈夫か？」

　優しく背を撫でる仁に、創がヒュウとからかうように口笛を吹いた。

「まったく、仁がそんな顔をするなんて。ねえ春陽くん」

　手を洗いに行っていた歩と華が戻り、好きなジャムを食パンに塗ってぱくっと頬張る。

「んー、ジャム、おいしいねー」

「オムレツもとろとろで、おいしーい」

　双子は小さな口でパンにかぶりつき、口周りをジャムで汚しながら、あっという間にもぐもぐとオムレツとスープも食べてしまった。

　ふいに玄関のほうから、ざわざわと話し声と足音が聞こえてきた。ハッと仁が顔を上げた直後、食堂の扉が勢いよく開かれる。

「――歩、華」

　色白で美しく、髪の長い女性が駆け込んできた。彼女を見た途端、歩と華が目を潤ませて、子供用の椅子からあわてて降りる。

「かっ、かーちゃ！　かーちゃゃあぁぁぁっ」

「うわぁぁぁん、かーちゃ……うあぁぁん」

双子たちが泣きながら抱きつくと、美しい女性……澪は、泣き崩れながら我が子を抱きしめた。

「ご、ごめんね……寂しかったでしょう？　本当にごめんなさい」

泣き崩れる澪と歩と華を目の当たりにして、春陽の目にも涙が浮かんだ。

（よかったね、歩くん、華ちゃん）

こんなに小さいのに、よく頑張ったと思っていると、仁が優しく春陽の肩に手を置いた。

「お前がいたから、双子は乗り越えられた」

「そんな……」

仁の声が聞こえたのだろう。澪がゆっくりと顔を上げ、春陽を見つめる。

「あの、あなたは？」

歩と華が涙を拭って立ち上がり、春陽を紹介してくれる。

「かーちゃ、春たんよー」

「りょうりが、じょうずなの」

春陽は椅子から立ち上がり、挨拶する。

「初めまして、東雲春陽です」

「あ、東雲……？　そうですか、あなたが……。どうぞよろしくお願いします。綾小路澪です。子供たちがお世話になったようですね」

「ああ、春陽はこの邸で暮らしながら、学校事務の仕事をしている。佐和子が腰痛で入院中ということもあって、食事を作ってもらっていた」

澪はじっと春陽を見つめ、深く頭を垂れた。

「ありがとうございます。ご迷惑をかけてしまって……」

「いいえ、料理は好きですし、そのおかげで家賃がタダなので、迷惑なんかじゃないです」

頭を掻きながら笑う春陽に、澪の顔にもようやく笑みが浮かんだ。

和代が澪に抱きついた。

「澪様、ご無事で……！」

「心配をかけてごめんなさいね、和代。どうしても、あの人に会いたくなったの」

そう言うと、澪は声を上げて泣き出した。

(何があったのだろう)

澪の身に何かあったのではと不安が込み上げ、春陽がそっと仁を見ると、彼は「大丈夫だ」と囁いて、優しく手を握ってくれた。

その夜、双子が澪と寝たあとで、仁と創と春陽は、旭から今回の経緯を聞いた。

澪は、女友達から一泊旅行に誘われた時、彼女と旅行に行く振りをして、響に会いに行こうと考えた。

「響と澪は実の兄妹だが、二人は以前から惹かれ合っていた」

そう言った旭は、実妹の蘭との関係を思い出したのか、渋面で深い息を吐いた。

「……澪は響に、歩と華が生まれたことを知らせていない。日々成長する双子を目の当たりにして、罪悪感と響に会いたい気持ちから東の里へ向かったが、響のアパートには別の女性がいた。ショックを受けた澪はその場を逃げ出したが、精神的な衝撃が大きく、澪の妖力が涸《か》れて倒れてしまった。運よく東の里の住人が見つけ、病院で治療してようやく妖力が回復したというわけだ。……澪にとって響は、ただひとりの愛する男性なのだろう」

蘭が今でも独身で、旭ひとりを想い続けているように、澪は生涯にわたって、響を愛し続けていくだろうと思い、旭は可愛い娘の幸せを願うようになったという。

仁と創が低い声で問う。

「響兄のアパートにいた女性というのは誰ですか？　結婚したとは聞いていませんが」

「昔から響は写真しか興味がなかったしね」

旭がゆっくり口を開いた。

「今朝、澪を連れて響のアパートに行き、確認した。アパートにいた女性は仕事関係のクライアントだった。特別に想っているのは妹の澪だけだと響は自分から話したよ。澪も響への気持ちを素直に告げ、黙って双子を生んだことを謝罪した」

「響、驚いたろうね。私もその時の響の顔を見たかったよ」

創は、にやにやと含み笑いを漏らす。旭が小さく頷いた。

「響は仕事がひと段落したら、すぐにでも双子に会いに戻ってくると言っていた。フリーのフォトグラファーとして独立へ向けて努力しつつ、しばらくは東京と狐神町を往復することになりそうだ」

（よかった……！）

先ほどの澪の涙は嬉し涙だったようだ。安堵した春陽を、仁があたたかな眼差しで見つめ、深く頷いた。

「――お前たちもうまくいったようだな」

旭の唇がゆっくりと曲線を描き、穏やかな微笑みが浮かんだ。どうやら仁と春陽の間の空気を読み、互いに気持ちが通じ合った関係になったと気づいたようだ。

（創さんや和代さんにも見抜かれていたし、旭さんにまで……）

「たとえ父上に反対されても、俺は春陽と別れませんし、他の女性と結婚するつもりもありません」

「仁さん……」

堂々と言い切る仁に、春陽は正座した膝の上で拳を握りしめる。

旭は目を細め、春陽と仁を交互に見つめた。

「仁が家族にそこまで惚気《のろけ》るとは。東雲家の半妖の子供か……。教頭の牧原から学校事務の採用について話があった時は驚いたが、やはりそういう運命だったのだろう。十四年前の予感は当たっていたのだな」

「それでは、やはり父上が俺の手紙を？」

顔色を変えた仁に、旭は「昔のことだ」とあっさり言い、苦笑している。

「それより、仁。これから忙しくなるぞ。中学教師を続けながら、次期当主として補佐を務めてもらう。仁の跡継ぎは歩だ。よいな、創」

水を打ったように静まり返った奥の間に、創の揺るぎない声が響く。

「ええ、父上の後任が仁、その跡継ぎが歩――それでいいと思います。私は東の里へ行きたいと思います。作曲家として活動するなら、東京に出たほうがいいと思うんです」

(創さん……)

真っ直ぐに旭を見つめ、そう言った創の顔は、どこか晴々としたものがあり、春陽は唇を噛みしめた。

辛そうな表情になった春陽に気づき、創が肩を竦める。

「一応、中等部の音楽教師だし、今すぐってわけじゃないけれどね」

「孝行にはまだ話してないんですよね」

仁が尋ねると、ぴくりと創の肩が揺れた。

「あいつに話したところで、何も変わらないさ。孝行は私にはついてこない」

自分に言い聞かせるように言い、創の唇からため息が零れ落ちる。

「創にも恋人がいるのか？　そうか。本当に子供はあっという間に大きくなる。創は美由紀に似て感情を表すことが下手だから心配していたが、安心した」

嬉しそうに頷く旭に、創はぴしゃりと言い切った。

「そんな相手はいません。失礼します」

立ち上がり、奥の間を出ていく創を見て、仁は黙って目元を緩めている。

（創さん……）

春陽は西条の気持ちがわからないので、なんとも言えない。それでも創はきっと、西条についてきてほしいと思っているのではないだろうか。

互いの幸せのために会わないようにしていた響と澪が、ようやく互いに気持ちを通じ合わせたように、できれば創と西条にも幸せになってもらいたいと春陽は思う。

「それでは父上、俺たちも失礼します」

「ああ、お休み」

仁と春陽は畳の上に手をつき、頭を下げた。頭上から、旭の優しい声が落ちる。

「仁、この人と決めたからには、春陽くんを大切にしなさい」

「手紙の小細工をした父上が、よくそんなことを言えますね」

呆《あき》れる仁に、旭は声を上げて笑った。

「後継の問題があるから、仕方がなかった。うまくいってよかったではないか」

「……父上、ひとつだけ訊いていいですか？　叔母のことです。どうするおつもりですか？」

仁は自分の生母である蘭を、今までと変わりなく叔母と呼んでいる。彼にとって育ててくれた美由紀だけが母親なのだろう。

「どうもしない。蘭とは会わないと、美由紀と約束している。蘭は東の里で教師をしながら幸せに暮らしているし、このままでいいと思っている」

「それなら、なぜ……」

実の妹に手を出したりしたのか。愛していたのではないか。

そう問いたい仁の心を読んだように、旭は眉根を寄せて深い息をついた。

「家のことが大切だった。綾小路家を担う妖力の高い跡継ぎが必要だったのだ。家を守ることが最優先だと教え込まれていたし、わたし自身、そうやって生を受けた。家のため、綾小路家のために生まれてきたのだ。それに、蘭の一途《いちず》な気持ちをずっとあわれと思っていた……」

「叔母は今でも父上のことを想っているのではないですか。母上は、誰よりも父上が幸せになることを願っていました。本当に優しい人でした。六十を過ぎた父が叔母と一緒に過ごすようになっても、怒ったりするような人ではありませんよ」

凪いだ海のような目をする仁から、旭は黙って目を逸らした。

「美由紀に一番甘えていた仁が……本当に、子供はあっという間に大きくなる」

立ち上がった仁が一礼して出ていく。春陽も同じように頭を下げ、奥の間を出た。

仁は廊下の少し先で春陽を待っていた。振り返った彼の手を取り、春陽は笑顔を向けながら、そっと指を絡ませる。すべてを取り込んでしまうような、あたたかな手のぬくもりが愛おしくて、春陽は手を強く握り返した。

「東雲くん、報告書の提出までしてくれてありがとう。助かったわ」

直美の声が事務室内に響いた。転倒して顎を強打した彼女は、内出血で顎が紫色になっているが、骨折はなく、元気そうで安心した。

病院まで付き添った久保木が、思い出したように眉を下げる。

「本当に骨がなんともなくてよかった。直美さん、病院での待ち時間も『痛い、痛い』って泣くから、すごく心配したっすよ」

「ごめんね。打撲だけでも、すごく痛かったの。久保木くんがいてくれて本当に助かったわ」

直美が笑顔を向けると、久保木は「そんなふうに言われると照れるっすね。でへへ」と目尻を下げて笑った。二人はなかなかいい雰囲気だ。

何はともあれ、直美チーフの怪我が軽くてよかった。そして野上パン屋のご主人の腰痛も治って、購買にパンが並ぶようになった。

「東雲さんのパンも、すごく美味しかったです」

事務室まで来て、そう言ってくれる女生徒がいて、春陽はパンを作ってよかったと嬉しく思う。

そして――。

「春たーん、おかえりなさーい」

「はなも、春たんといっしょに、おにわであしょぶー」

綾小路家に帰ると、歩と華が笑顔で駆け寄ってくる瞬間が、春陽は大好きだ。

「ただいま！」

双子をぎゅっと抱きしめ、小さくてやわらかな体を抱き寄せながら、ふさふさした獣耳を撫でると、二人は元気よく尻尾を左右に揺らした。

その様子を見て、澪が困ったように微笑んでいる。

「春陽さんはお仕事から帰ったばかりなのよ。それに、まずは子供部屋を片付けてから。それからお庭で遊びましょうね」

「あーいっ」

双子は澪と子供部屋へ急ぐ。いい匂いがしている厨房から、退院した佐和子が顔を出して顔の前で手を合わせた。

「春陽さん、あとで夕食の味見をしてもらえますか。今日は五目炊き込みご飯とハーブ蒸し焼き鶏なんです」

「わかりました。美味しそうですね」

厨房で味見をしたり、佐和子の手伝いをしたりしているうちに、歩と華と澪が春陽を呼びに来た。佐和子に後を任せて一緒に庭園へ出ると、庭仕事をしていた茂吉と和代がいた。

双子が「みんなで、かくれんぼ、しゅる！」とはしゃいでいる。じゃんけんで負けた歩が鬼になり、皆で庭園にバラバラに隠れた。

「華、こっちへ隠れましょう」

「あいっ、かーちゃ」

華は澪と一緒に、薔薇園のアーチのそばに隠れる。そして茂吉は広縁の下に、和代は樹木の陰に、春陽は迷って、池のほとりの低木にしゃがんで隠れた。

「よーし、みんな、どこかな！」

タタタッと歩が走り出した。春陽がドキドキしながら小さくなっていると、後ろから口を押さえられ、芝生の上にゆっくりと仰向けに押し倒されて驚いた。

「ん……っ」

目の前に仁がいる。押さえていた手を離した仁の唇がゆっくりと曲線を描き、穏やかな微笑みが浮かぶ。

「春陽――静かに。かくれんぼをしているんだろう?」

「仁さん……お帰りなさ……っ」

覆いかぶさったまま、春陽の頬に手を滑らせ、仁が口づけてきた。彼の指先が春陽の首筋を辿り、うなじをさするように優しく上下する。濡れた舌先で唇を押し開かれ、熱い舌に絡めとられ、全身がぴくりと波打った。

「んん……っ、じ、ん……さ……っ」

大胆な動きで、仁の舌が春陽の舌を愛撫し、クチュクチュと淫《みだ》らな水音が響く。

「う……く……ぅ……っ」

啄むように口づけられ、舌を絡ませられると、喉の奥から止めどなく甘い痺れが駆け巡った。

彼はゆっくりと起き上がると、切れ長の青色の瞳を切なげに細めた。

「春陽――何よりもお前のことが大切だ。愛している――」

誓うように囁く仁の声に、春陽は感激と幸福で胸が詰まった。十四年前に出会ったことも、すべてこの日に繋がる運命だったと、今なら理解できる。

「僕も、仁さんを心から愛しています」

素直に気持ちを吐露した春陽の声は、涙で掠れていた。

その直後、歩の元気な声が聞こえた。

「春たん、みーっけ！　あっ、とーちゃも、みーっけ！」

優しい風が吹き抜けていく中、春陽は笑顔で仁と顔を見合せると、二人で寄り添うように立ち上がった。

エピローグ

綾小路仁が、大人たちの話を偶然聞いてしまったのは、十二歳の時だった。

大好きだった母の葬儀の後、仁はひとり、薄暗い蔵の中で膝を抱えていた。

(母上……)

母の美由紀の思い出に浸っていると、遠縁の男が二人、蔵に入ってきた。仁に気づかずにひそひそ話を始めた二人の声を聞くともなく聞いていると、どうやら仁自身のことを話しているようだった。

「あの子、すごいな。綾小路家は代々容姿端麗だと言われているが、まだ子供なのに、空恐ろしいくらいの美貌だ」

「三男坊だろう？　そりゃあそうさ。禁忌の子供だからな」

片方の男が、驚きの声を上げる。

「まさか！」

「シッ、大きな声を出すな。綾小路家では珍しくないんだ」

「禁忌の子供って、人間との間に生まれた半妖の子供のことだろう。どういうことだ？」

「いや、別の意味があるんだよ。妖狐族間で禁忌の子供というのは、近親相姦で生まれた子供って意味を持つんだ。あの三男の実母は、当主の妹、蘭様だ」

「ひっ、そんなことが」

「驚くことはないさ。綾小路家が代々強い妖力と美貌を持っているのは、近親相姦を繰り返してきたからだと言われている。昔は珍しいことではなかったらしい」

「いや、でも、こんな現代に……」

「旭様だって、先代と実の妹との間にできた子供だ。綾小路家は呪われた血筋だという噂もあるし」

「そうだったのか……美由紀様はそのことを知っていたのか」

「もちろんだ。蘭様が生んだ禁忌の子供を、美由紀様の子供として育てるように旭様から言われた時は泣いていたそうだ」

「むごいことをなさる。夫が他の女性に産ませた子供を、妻に育てさせるなんて。しかも禁忌の子供を」

「子供は何も知らずに甘えてくるし、美由紀様はずっと苦しんでいたらしいぜ」

頭の中が真っ白になって、そこから先は、二人の会話が聞こえなくなった。

（母上が、母上じゃなかった……？）

大好きな母親が他人だった。

自分は、実の兄妹が交わって出来た禁忌の子供だった。

何も知らず、大好きな母に甘えていた。自分の存在が、母をずっと苦しめていたのだ。

驚愕《きょうがく》の事実を知ったその日から、仁は心を閉ざし、荒れ始めた。

心の奥底に、自分は幸せになってはならないという戒めの声が常に聞こえてくる。

一番親しい友人である西条が心配してくれたが、中等部に入ってから、仁はさらに自分の殻に閉じこもるようになり、家族にもクラスメイトにも笑顔を見せなくなった。

そんな時、ひとりの少年に出会った。五、六歳ほど年下の彼は小柄で細く、里人の男に突き飛ばされていた。思わず助けに入ると、少年ははっきり名乗った。

「僕は東雲春陽です」

ああ、禁忌の子供だ。仁は納得した。彼を突き飛ばした男は、南の里の出身者だ。

仁が東雲の家まで送っていくと言うと、彼は花が咲いたような幸せな笑みを浮かべ、歩いている間も笑顔で仁に話しかけてきた。

(うっとうしい)

最初はそう思った。仁にとって未来に待っているのは崩壊だった。それをこの半妖の子は春の日差しのような明るさで包み、じきに芽吹きを紡いで新しい未来へと変えてしまった。

(母上を苦しめてきた自分は、幸せになってはいけない。これは大好きな母への贖罪《しょくざい》だ)

頑なにそう思ってきた仁の気持ちは、春陽がいじけ虫の話をしだした時から、崩れ始めた。

――仁さん、間違っています。そんなことが、贖罪になると思っているんですか。そもそも生まれた子供に罪なんてありません。それでも、どうしても償いたいのであれば、別の方法があったはずです、と。

春陽の眼差しや言動から、言葉にならない想いが伝わってきて、仁は、自らが不幸になることで、周りを傷つけていたのではないか、とようやく気づいた。

家族や友人に心配をかけ、暗い顔をして、自分は幸福であってはならないと頑なになって。周囲の人々が心を痛めていることに思い至らなかったのだ。

傷つけたから、幸せにならないと逃げているだけじゃ駄目だ。どうしても罪だと感じるなら、心配してくれる人たちを遠ざけ、苦しくて悲しくて傷ついた顔で過ごすのではなく、その分、誰かの幸せを作り出すために働きかければいいのにと。

春陽の笑顔は、そう仁に教えてくれたのだ。

(そうか、不幸に酔って、不幸を振りまいていたのか……)

仁は春陽に手紙を書いた。返事がなくても、何通も書いて送った。

お前がいなければ、こんなふうに笑っていなかった。ありがとう、と――。

ある日、突然返事が届いた。――迷惑だから手紙を送ってこないで、と。

――大嫌いです、と。

仁は衝撃を受けた。

（なぜ？　禁忌の子供だから、里のことを思い出したくないのか？）

理由はわからないが、春陽が嫌だというなら、もう手紙を送るのはやめようと思った。

この時はまだ、春陽を愛することになるなど、全然思っていなかったが、彼のことはとても大切だった。だからこそ嫌がることはしないように、会いたくても我慢した。

十四年後、教頭の牧原から学校事務の候補者として、春陽の名前を聞いた時は、驚き、運命を感じた。

父の旭が理事長をしている綾小路家に、挨拶に来るかもしれない。そう思って結界を緩めていると、本当に春陽が綾小路邸にやってきた。

春陽は二十三歳になっていたが、あの日、春の日差しのようなあたたかな気持ちで包んでくれた優しい少年だと、一目見て気づいた。それなのに……。

「……は、初めまして」

春陽はそう挨拶した。

（俺のことを忘れているのか）

嫌われていてもいい。せめて覚えていてほしかった。

自分でも驚くほど傷心した仁は、つい意地悪な態度を取ってしまう。

それでも、付き合っていくと春陽は変わっていなかったことに気づいた。人間と変わらないいくらい小さな妖力しか持たないのに、明るく周囲のためにと頑張る彼に強く惹かれた。

春の日差しのような彼と過ごすうちに、誰よりも大切な存在になっていた。

春陽といると安らぐ。何もなくても、彼がそばにいてくれるならそれでいい。そう思える。

春陽は多忙だ。学校事務の仕事をしながら、佐和子が退院してからも、澪姉と一緒に食事の準備を手伝っている。

最初の同居の条件など忘れて、綾小路家の人間として過ごしてほしいと言っても、春陽は料理が好きだから、続けたいと言う。

「お前を愛している」

額に甘いキスを落とすと、春陽は眩しい微笑みを返した。

衝撃の事実を知ったあの日、蔵の窓から見上げた月が涙で滲んでいた。今は春陽がそばにいるだけで、その月さえも愛しく思える。

「とーちゃ、春たーん」

「いっしょにおそとで、あしょぼー」

歩と華と一緒に過ごしながら、そばに春陽がいる。

最愛の相手と出会えた運命に感謝しながら、禁忌の子供たちは今日も幸せに向かって歩いていく――。

終わり

あとがき

このたびは、たくさんの本の中から『子妖狐たちとなごみのごはん』をお手に取ってくださり、誠にありがとうございます。一文字鈴です。

ラルーナ文庫さんで二冊目、トータルの文庫で十七冊目になる本作は、大好きな和風ファンタジーを書かせていただきました。最初は「禁忌の子供」というキーワードを前面に押し出したホラー要素を含む作品でしたが、愛らしい子妖狐たちと美味しい料理を中心に改稿し、現在の明るいお話になりました。

いかがでしたでしょうか。皆様に少しでも楽しんでいただけましたら、こんなに嬉しいことはありません。

そして、素晴らしい表紙と挿絵を描いてくださったのは、北沢きょう先生です。生き生きとした春陽と美麗な仁、そして食べてしまいたいくらい可愛い歩と華を描いてくださり、本当にありがとうございます。初めてラフを見た時、獣耳と尻尾がある双子のラブリーさに悶絶し、寄り添っている春陽と仁に胸がいっぱいになりました。

そして、今回も担当様に大変お世話になりました。真摯に相談にお答えくださり、励ましていただいたおかげで、無事に書き上げることができました。この場を借りて御礼申し上げます。

デザイナーの方や編集部の方々、この本の制作に携わってくれた皆様に感謝しています。そしてツイッターやブログを通して応援してくださる皆様から、いつも元気とお優しい気持ちをいただいています。あたたかく見守ってくださり、ありがとうございます。

最後になりましたが、この本を手にしてくださった皆様へ心からの感謝を――。お手に取って最後まで読んでくださいまして、誠にありがとうございました。

本書が二〇二一年の一冊目になります。まだいろいろと大変な時期ではありますが、今年が皆様にとって、今まで以上に幸せな年になりますように。

美味しい料理や甘いお菓子のように、この本が皆様の心に寄り添ってくれることを願いながら、いつかまた元気に再会できるよう、お祈りしています。

一文字　鈴

ラルーナ文庫

この本を読んでのご意見・ご感想・ファンレターなどお待ちしております。〒111−0036 東京都台東区松が谷1−4−6−303 株式会社シーラボ「ラルーナ文庫編集部」気付でお送りください。

本作品は書き下ろしです。

子《こ》妖《よう》狐《こ》たちとなごみのごはん

2021年3月7日　第1刷発行

著　　　者｜一《いち》文《もん》字《じ》 鈴《りん》
装丁・DTP｜萩原 七唱
発　行　人｜曺 仁警
発　行　所｜株式会社 シーラボ
〒111-0036　東京都台東区松が谷 1-4-6-303
電話　03-5830-3474／FAX　03-5830-3574
http://lalunabunko.com
発　売　元｜株式会社 三交社（共同出版社・流通責任出版社）
〒110-0016　東京都台東区台東 4-20-9　大仙柴田ビル 2 階
電話　03-5826-4424／FAX　03-5826-4425
印 刷・製 本｜中央精版印刷株式会社

　ISBN978-4-8155-3254-3